你来人间一趟,要把爱放在心上。放下多有不甘,记得如此辛苦。

目　录
CONTENTS

○
● 大小姐们
○

序　言	豚二的两重身	005
第一章	美人贝蒂苏	011
第二章	相逢已迟暮	025
第三章	孤独肾	041
第四章	白夜拂晓-上	057
第五章	白夜拂晓-下	071
第六章	拂花	087
第七章	你是我的秘密	107
第八章	地府游	123
第九章	太后与我	137
第十章	玛丽·不太苏	153
第十一章	浪子昼行	175
第十二章	告白	191
第十三章	爱与孤独	219

番外篇	落雨泱泱	245
后记一	关于我和《大小姐们》	257
后记二	有爱的故事才会这么温柔	259

序言
豚二的两重身

对于很多看故事的人来说，豚二是豚二。对于我来说，豚二是赵小姐。如今她出版了第一本小说《大小姐们》，我也好借此机会讲讲这个人的轶事和本书的幕后故事。

多年以前因为转让房子跟赵小姐相识，第一印象是她的微信名——Gilda，不太常见的名字。坦白说，我当时就脑补了一个"Rita Heyworth"那般的女神形象。约好了过几天来看房，没想到敲门的却是赵小姐的父母大人，很和蔼的一对上海夫妻。阿姨询问我房子的情况，一个人住会不会害怕。赵叔叔则四处看看房子的细节，从水管到煤气。更巧的是那天我"空中飞人"的妈妈居然也在。于是这段友情很像幼儿园时期，在两家大人的认可下，两个小姑娘开始交往。

真人版的赵小姐，个子高挑，眉眼细长，皮肤白得会反光，是我见过的最适合正红色的女人。不说话就有拒人三分的气场，略微逗一下，就变身软软的大白兔。我在朋友的选择上一直喜欢大女人多过小可爱,尤其是那些隐藏搞笑属性的"大女人"。所以见到赵小姐的时候觉得格外亲切,何况此后又发现从求学到工作彼此的经历都惊人的相似,就更有聊不完的话题。这世间有趣的姑娘不多,对我而言,赵小姐是其中一个。

印象很深的一幕,可能赵小姐自己都不太记得了。

一次是她看完我给她的一个编剧大纲,跑来我办公室,一屁股跳坐到我办公桌上,开始数落那些故事有多么烂多么扯,头头是道,接连演讲了五分钟不间断。说实话我早就知道她看不上,只是没想到她那么认真。她说的内容我早就忘记了,只是记住了这股劲。

还有一次是下雪天被她拖去龙华寺,只因为她听说有人去拜了以后项目就不曾间断过。那天我们两个人分别翘班,去了寺里才发现居然赶上了初一,人山人海还有法事。陪她挤在每一尊佛像面前,偷偷看她虔诚默念的样子,想起她曾经给我看过的一篇自己写的古言小说,里面有相似的桥段。

拜完出来,在深冬的细雪里沿着寺院的红墙走了很长的路。她问我想不想一起开公司,我点点头。她说她早就想了很多的名字,比如一元、两仪……

"不如叫三生影业吧,遇见彼此,三生有幸。"

"哎,好啊好啊。"赵小姐开心得像个小朋友。在之后的很多时候,我发现只要她真正开心的时候,就会这样傻傻地说"好啊好啊",眼睛眯成两座小桥,特别可爱。

喜欢拜佛只是其一,其实她更热衷的是"玄学",简单来说也就是算命,古今中外从塔罗到紫微她都热爱。一个常春藤名校毕业的高材生热衷玄学，我思考了半天似乎也无大碍，毕竟她如此生动地活在我身边。最近，她从一个高人那里得到指点，说自己的意中人会来自远方，和她的经历截然不同。于是在择偶品味上成功完成了从风流才子到俄罗斯英俊厨师的转型。让我们好好期待下一本书，她或许可以写美食加爱情。

言归正传，回到 2015 年的深秋，赵小姐突然传来一个链接，也就是《大小姐们》的第一章《美人贝蒂苏》。看到她曾经跟我分享过的只言片语最终落成完整的文字，心里着实为她欢喜。而后我们一起想象这个系列该叫什么名字，一起想象它被拍出来是什么样子。一路上她观察人间、默默笔耕，也曾哭哭啼啼，却从来不曾放弃，才有今天《大小姐们》的面世。

再说赵小姐请我作序这件事，现在想来应该是七分不爽加三分赌气的。收到她微信的时候，仿佛隔空感觉到这个小姑娘嘴巴上可以挂油瓶了。生活大概又拒绝了她。这么推测的依据，无非是那一刻我其实也在晚高峰的地铁里"叹命运之不公，哀时运之不济"。可转念一想，能给《大小姐们》写序这件事当真是我平凡人生中除了伟大爱情外另一桩很"伟大"的事情了。所以我提紧了精神，把我所了解的"大小姐们"好好介绍给大家。

人生第一本书，总难免有作者诸多的投射。生活中有这样一种女孩，也白也富也美，却并非生在大富大贵之家。眼界在最上，条件在上，自身处境却是不尴不尬的中，不甘心在所难免。既无缘随波逐流的幸福，也无法像真正的名门闺秀那样只要抬抬手，想要的就都来了。相信靠努力和才华就能幸福，即便对卖乖得甜头的道理心知肚明,也还是忍不住执拗;若是想要对谁温柔,又担心凡事太尽便也无趣了;面对最亲近的关系仍选择若即若离,为保护他人也为自保。不论是帅气的"贝蒂苏","拎得清"的"落芽",乃至清冷的"拂花",棘手的"拂晓",进退间从来没有失去过分寸。

别忙着用"不可爱"来形容这些事物,这书里的眼泪和星星在某个夜深人静会突然浮现在你眼前,就像某一刻会突然真的懂得一些些往事,懂得自己和他人为何那样选择。于是,会为"贝蒂苏"离开"乔治李"痛心,也会对"假的火油钻戒"会心一笑。当我们在生活里一边受害一边共谋,要如何抵抗这无常?如果固执下去,贪图下去,又或者放下?妥协?每一条路究竟会通往怎样的终点?赵小姐为我们小心编织了十多种不同的选择,虽然逃不过一路走一路看一路遗失,但过程中女人对于爱情特有的孤勇和坚韧着实让我动容。

时常打趣赵小姐日更三百,产量低得惊人。她总是习惯性地一记白眼翻回来,慢悠悠地回我一嘴:"精雕细琢,侬懂伐?"从《美人贝蒂苏》首发两年多以后,《大小姐们》终于完成面世。如今重读一遍,"精雕细琢"诚不我欺!

她和我们所有人一样,有烦透了的时候,也有无边无际散漫自由的时刻。真实世界一下那么遥远,下一秒又仿佛胜券在握。美好的爱情就像好梦一场,醒来仅剩吉光片羽,于是她为我们努力拼凑,拿自己的碎片去对应别人怀里的些许,拼出一个让人满意的样子,这就是《大小姐们》的世界,一个结局不一定好却仍然近乎童话的世界。只因为里面的人到最后想要的还是"爱"。

"您到这个世界才不久,过不了几年便离开,怎么居然以为在这里找到了归宿?"

几天前,无意中看到波伏娃抛出的这个问题,深夜发给了赵小姐。她就像往常一般傻傻地回复:"好啊好啊,下次要拿这个题材写。"殊不知,在读着《大小姐们》时,我想我已经看到了答案。

"我努力认真,家人、学识、工作、恋爱、体重……万事莫敢怠慢。虽不知终点是怎样光景,只求步步圆满心安。"不知这样解答,赵小姐是否满意。

作家、编剧 Kimie
2018 年 1 月 22 日于上海

第一章
美人贝蒂苏

贝蒂苏说得对
用肉眼根本分辨不出来
那像真钻一样耀眼的光彩

1

上海滩的美人在我心中只在两个时代存在过：一是民国，正值情窦初开，各种流派的风姿绰约相安无事，大把光景在那里停住，魔怔得不像人世；再有就是上世纪80年代直到90年代初，新旧交替，各种欢好。

我见过最让人神魂颠倒的活物美人就是在那段年岁里，挥霍过青春的人。

这人也不是外人，就是我母族的家族之花，我的小姨贝蒂苏。尽管复刻自同系列祖先，但贝蒂苏的颜值和我母亲并不在一条水平线上。我母亲不过"清秀"二字可以概括，贝蒂苏却是言语难以形容，越说越奥妙。

贝蒂苏，上世纪60年代生人。上海女子，清澈又风尘。

因为她的存在，我从小就对美有超凡的理解。"美"的臻至化境，是一种交缠融合：合在一起便是绝世佳人，拆开看只是一堆鼻子眼睛。如水墨画般浓眉杏眼，幼樱粉唇，一对梨涡恰到好处地出现在脸颊两侧，分毫都必须是精准的。皮肤白且细腻，像是泛着光泽的象牙、绸缎。远远看着总好像听到她的脸在召唤：伸手吧少年，我知道你想摸我。

如同金庸老爷子当年遇见长城大公主夏梦，亦舒师太在机场与缪斯周天娜的一面之缘，我记事起初次见她，那形象就深入骨髓。贝蒂苏若是男人，那就是杨过再世，坑了一车小郭襄。那一双水汪汪的桃花眼，黑白分明，眼尾含笑。女人宝贵的天真与倔强就通过这对"法器"慢慢释放，织成一张网，从此过往冤魂无数。与她打过照面的人，都是罪业深重。

好看的姑娘刚好又仗义，那可真是要了命的帅气。

贝蒂苏最别致之处，就是她的仗义。那些我母亲不让我干的事，她都偷偷带我去干过。我这辈子做过的第一件堪称洋气的事情，是被她领着去东风饭店吃肯德基。贝蒂苏照着画报上的样子给我系蝴蝶结，换了雪白的高支棉衬衣和丝绒背带裙。我俩坐着电车去外滩吃炸鸡，像是参加一次重大的外交活动。

回来后我给幼儿园的傻小孩们讲吃鸡的经历，足足炫耀了一个礼拜，闹出了一场风波，也是她单枪匹马地来救我，帅得无可救药。

最平凡的生活也总能折腾出点仪式感，长大以后的我如此让人害怕，应该也是缘起于她的教化。

2

贝蒂苏那时芳草艾艾，上海是80年代的上海。

某天午后，在家煮腌笃鲜的外婆接到了一个电话。

电话里，一个男人声音悲怆地说："我在外滩等你。你要是不来见我，我就跳黄浦江。"

外婆边夹起一块咸肉，边对着话筒用糯糯的上海话问道："侬是撒宁啊（你是什么人啊）？"

十二万分的淡定。

电话那头的人忽然就愣住了，然后吭吭哧哧了半天憋出句话道："阿姨，麻烦侬告诉苏苏，我在外滩等她。伊晓得吾是撒宁。"说完"啪"的一声挂掉电话。

外婆说，对方那挂电话的力气，像是扔出了个烫手的炸弹。

说来这事也十分的蹊跷。外婆是脑子何等清明的人，那日却把这件事忘得一干二净，等烧好了腌笃鲜时才想起来。告诉贝蒂苏的时候，已是傍晚时分。

贝蒂苏抬了抬眼睛表示有听到，然后淡淡地"哦"了一声，低下头继续看书。外婆倒也不着急，补了句"侬啊伐起看看叫（你也不去看看）"。贝蒂苏却仍旧坐在那里一动不动，半点没有表示。

据我母亲说，那天晚上所有人都在家吃饭，并无异样。第二天《新民晚报》上也未见"黄浦江浮尸"的报道。

不多久，此事便消沉下去。家中无人再提。

恋爱的结束往往和它的开始一样隐秘——是桩悬案。

～ 3 ～

那时贝蒂苏刚从大学毕业，在之前实习的银行留了下来，正儿八经地开始了朝九晚五的工作。她日日油光水滑地出现在办公室里，像极光一样耀眼。

某天她像往常一样，在电梯里狂摁关门键的时候，一双宽厚的手把那两扇即将合拢的门硬生生地掰了开来。那双手不止掰开了电梯门，也在贝蒂苏的心上掰开了一条缝，踏进一双脚来。

乔治李，彼时三十多岁，比贝蒂苏大上一圈，在文革期间完成了少男到熟男的转变。两人相逢时，他还差33天和未婚妻领证结婚。电梯门一开一合间，未婚妻突然就像杯泡了好几泡的茶，茶味早已散去，只剩下颜色；贝蒂苏却是刚打开的香槟酒，小气泡突突地冒着，把乔治李的心顶得痒痒的。

乔治李自诩比他同时代的青年们更有抱负，事业和爱情有异曲同工之处，全看是不是敢想敢做。

他也是真敢做，婚仍是按部就班地结，只是新娘换了人。

他俩结婚时，前未婚妻不请自来，当着全场人的面哐哐干了三杯酒，一句话没说就转身走了。

很久之后，外婆转述那天的场面还会一直念叨。她说姑娘是好姑娘，可输就输在那个"好"字上，委屈都要放在人后就派不上用场了。伊转过身离开的时候，眼泪流下来，伸手去揩的样子撒宁都看伐到。

我问她："你难道不觉得这件事做得不妥，也不出手阻止贝蒂苏？"

外婆道："有什么好阻止的？我们家最不缺的就是一意孤行的女人。天都注定好了。再说，男人变了心，即便没有你阿姨，那姑娘在他身边也根本留不住。要么别哭，要哭就当着男人的面哭。"

"可是贝蒂苏不是也有对象吗？"那个电话里威胁要跳黄浦江

的男人。

外婆愣了几秒,眼神有些飘地说:"伐记得了。"

因为这件事情,在很长的一段时间里,我见到贝蒂苏心里都发怵。

那感觉是你很中意的一个人,干了件让你三观尽毁的事情。她在我心中貌美天下第一,我一直觉得她的品行也是如此,于是每每想到似是她拆散了那未婚妻的姻缘,就顿感失望,不自觉就躲着不见。也不知道是不是我执念力太强的缘故,不想见,就真的很少再见到她了。

贝蒂苏婚后先是和乔治李移居南方,两人生了一个女儿,取名玛丽。那之后乔治李考到了公费研究生,在 90 年代初漂洋过海,一家三口去到美利坚开创新生活。而后好些年,也只是在交错的年头年尾,熙熙攘攘的家庭聚会上,才能偶尔看到各种形态的贝蒂苏。

戴着 Harry Winston 的贝蒂苏,穿着 Chanel 的贝蒂苏,喝拉菲的贝蒂苏。美人仍旧是美,却不再让人心悸,说不清是缺了什么,又多了什么,一切变得蹊跷又陌生。而乔治李越发一副成功人士的模样,据说饭局都已经坐到了美国第一夫人的身旁。

外婆说,他和贝蒂苏已经变成了另一个世界的人。

这非常好。

～ 4 ～

只是没有任何预兆的,乔治李在一个大雨滂沱的夜晚,突然回到上海。

他没有打伞,原本往上梳的头发被雨浇得塌下来,像一只遭受了重创的狗。乔治李两眼血红,并不理会开门的我。他径直走到里头,挡在了正在看电视的外婆面前,"扑通"一下跪了下来。

"苏苏外头有人了。"他说,"姆妈,她要跟我离婚。"

事情是这样的——

乔治李某天百年难遇提早地回家,偌大的房子里静悄悄。他心想真好,难得适意一趟,于是便悠悠地泡了壶茶,戴着眼罩躺进了浴缸。药草香混合着温热的水汽,袅袅升起来,很快就觉得倦了。

就在他快要睡着的时候,忽然听见贝蒂苏的调笑声。那声音婉转有笑意,像她窝在臂弯里听他讲笑话时发出的笑声。那声音听得他心神荡漾,就要起身,却在刹那僵在了原地。

人生最奇妙的光景,也许是某个恍然大悟后的急转直下,坠至冰冷的谷底。

那笑声便是击垮乔治李的历史性瞬间了,他晓得,她一个人是发不出这种声音的。

眼见那声音越飘越近,乔治李两眼发直,悄无声息地躺回了浴缸,憋住气让水淹到了梗着的脖子。移门"刺啦"一声被拉开,贝蒂苏推着个赤裸着上半身的男人跌跌撞撞进了浴室。

贝蒂苏穿着黑色绸缎的睡衣,和服领交叠微敞,露出锁骨到乳沟的一片肌肤,微微泛着红。

"赶紧洗。"她娇嗔地嘟囔着,伸手在那人的胸口画了个圈,用指甲尖轻轻地戳了一下。

那人笑着转过身，看见埋在浴缸里的乔治李露出两只大圆眼睛，又怒又恨地瞪着他。

更让他抓狂的是，那野男人受惊逃跑后贝蒂苏一点也不慌张，当即十分冷静地和乔治李摊牌，说要离婚。

"我问苏苏，她什么解释也没有，就说离婚吧，早就想离了。姆妈，吾该哪能办？"

乔治李带着哭腔，咿咿呀呀地扯了几嗓子。忽然用手按住心脏的位置，像是要喘口气，脸色却越发不好起来，额头上冒出细密的汗珠，张了张嘴却发不出任何声音。

他像一头中箭的野兽，一头栽了下去。

外婆在一旁大叫："不好！"

5

乔治李命大，心梗发作的时候，我们正在一旁。

对付这种事，外婆是极有经验的。一番折腾后，乔治李仍是活物，并没有什么大碍。只是走了一遭阎王殿，却还是没有等来贝蒂苏，乔治李对当下的局面忽然有了全新的领悟。

她似乎是铁了心要离婚，就和当初她心一横非要嫁给他的时候一样。

离婚手续办得极为平静且顺畅，两人甚至都没有见面，双方委托的律师替他们办妥了一切手续。乔治李拿到离婚证的那天，带了盒凤梨酥来诀别。他对外婆说："姆妈，你好生保重，我以后不能常来看你了。"

这话伴着凄凉让我觉得有些好笑，其实从前他春风得意时也不常来。

总之那时候所有人的背影就是一片片卷黄的叶子,特别应秋天的景。

6

再次见到贝蒂苏,是在她的另一场订婚宴上。

也许是念及旧情,我试图在逻辑上理解她的变化。有种说法把男人比作港湾。如果是这样,那一艘船应该可以在很多不同的港湾停泊。

贝蒂苏保养得当,脸上仍是满满的胶原蛋白。无名指上的鸽子蛋闪闪发光,在灯光下晶莹透亮。她拉着那位有些年纪的新先生走过来认人,逐一给他介绍。

"小时候可黏人了,长大了不爱搭理我。"走到我面前的时候,她这样介绍我。她声音里嗔怪的笑意让我浑身一凛,不敢抬头,"不过,他们这几个小孩里,我最宠她。"她又说道。

这句话让我又凛上了一凛。

"为什么?"新手老公在一旁问。

"因为她最像我。"

7

几年后的秋天,我收拾行李准备去美国念书。外婆忽然被查实已是癌症晚期,医生说,她还有几个月的时间,就会告别这个人世。

这变故来得太快,所有人都措手不及。我掐指一算,这一去再回来时,她怕是已经不在了。

我去替她收拾房子的时候，看见冰箱里分着几大盒拌好的馄饨馅，盒盖上依次贴着孩子们的名字和喜欢的口味。翻到了属于自己的那盒，上面写着："芽芽：香菇、里脊肉多放，葱姜不要。"

字字深得我心。老太太对于家中小孩口味的掌握，精准得伐得了。

外婆倒是极为平静的，秉持着她信奉了一生的稳妥淡然，有一天过一天。

也不知是不是因为生病吃药的缘故，她身上的皮肤褶得很厉害，层层叠叠地堆在一起，整个人像是一根快要融掉的老蜡烛。

那天，她问我知不知道俄罗斯库尔斯克号的沉没事件。

她说："其实，死掉这件事情，本身倒是没有什么可怕的。但是等死这件事，囡囡啊，却是吓人得紧。我有的时候想，那些当时在船上的人，明知道自己死路一条，却还要在死之前经过漫长的等待和煎熬，这个过程实在是太残忍。我现在就是那个在沉船里等死的人吧。作孽啊。"

我在一旁听着，脊梁骨一阵哆嗦，伸手握了握她羸弱的手臂。

"你阿姨什么时候回来？"她又转了个话题。

"下个礼拜吧。"

"哦。"她若有所思。

"我下个礼拜就去美国了。"不知道为什么要忽然说起这件事情。

她像是在思索下句话的过程中突然被打断了，猛地抬头想看我却又忽地低下头去，嘴唇动了动要说什么。我一分钟都待不下去，背过身去嘟囔了一句"上厕所"，拔腿就跑。走到门边时，眼泪鼻涕已经流了一脸。

再回去时,外婆看上去非常平静,递给我一个红包,上头印了只胖兔子。

"明年的,提前给你。"她戴着老花镜对我笑,"阿拉囡囡将来嫁个好人,别像你阿姨那样。"

"好。"我帮她捏肩膀,眼泪落在她肩头。

"别捏了。手都酸了。"她背对着我,温柔地说。

没有任何意外的,那天以后我再也没有见过外婆。

很久以后我才明白,那天的情境里,我也是沉船上的人,绝望地迎接分别的命运,却什么都做不了。是谁同我说什么人生要好好告别之类的,尽是些屁话。

8

外婆被埋在了一座很贵的墓园里,邻居都是沪上知名人士。

她占的位置极好,金边银角。偶尔会有墓园里的流浪狗或者流浪猫经过,在她身旁坐一坐,也算是个陪伴。

据说乔治李去了她的葬礼,遇见了贝蒂苏。

据说他们拥抱了一下,泯去了恩仇。

"据说"是因为,以上的一切是贝蒂苏告诉我的。

在我们多年后的会面,在纽约曼哈顿下城的小酒馆里,她摔伤了胳膊,打着石膏。她仍是又美又帅的,比起没有胳膊的半裸维纳斯毫不逊色。

我下午的时候刚发现未婚夫出轨,正在犹豫要不要把大钻戒扔进抽水马桶里,看见贝蒂苏的时候,想起这事她忒有经验。

"我当年并没有收到什么贵重的定情信物,所以也没什么东西可以扔,只是我自以为发现对方不忠的时候,他威胁我要是不去听他解释,他就跳黄浦江自尽。"

我摩挲着无名指上的戒指,觉得这个情节听上去很是熟悉。

"我那时候发自肺腑地觉得他就应该把自己沉到江里,他等不到我也就真的跳了下去。"贝蒂苏说着说着就笑了起来。

"后来呢?"我接着问。

"后来?"贝蒂苏喝了口酒,扯出一个冷冽的笑容,又滑进一个失控的哭腔里,"呛了太多水,昏迷了很久,又因为水太冷冻伤了下肢……他那时候正值盛年,就成了个瘫在床上需要人服侍的废人……"

贝蒂苏泪流满面,哭音里带着凄惶的笑声。

"我爱上他的时候,还是个孩子。那么清俊儒雅的男人,在台上讲着《诗经》……我等了那么多年,等到他终于不再是我的老师,等到他终于离了婚……却还是敌不过你外婆安排的一个局啊。只是因为她不想我嫁给一个曾经是我老师、离过婚、没有什么钱的男人。她说不想我被人戳着脊梁骨议论……"

她一把年纪了,却像少女一样嘤嘤地哭泣,幸好我们此刻身处纽约。

9

我不知所措地听着她版本的故事里外婆变成了拆散儿女姻缘的恶毒母亲。

纽约初秋的晚上很冷,我们在曼岛的最南端席地而坐,望着对面岛上举着火炬的那位名媛。

其实乔治李的出现也并不单纯,和外婆有着千丝万缕的关系。

所以当几年后那位未婚妻找到贝蒂苏说出真相的时候，贝蒂苏自导自演了那样一出戏来报复乔治李和所有人。她说那时也没多想，只觉得有些东西要用最恶毒的方法拨乱反正。

她对乔治李不是没有感情，只是真相大白后，没有办法再接受这个人。

贝蒂苏抽到第五根烟的时候总结说，这一切归根到底也要怪她自己，外力终究是推手，不坚定、不相信，无谓执拗的人始终是她自己。

10

我回到家的时候已经是第二天的中午。

回去之前我先去了犹太人的珠宝区，当掉了那颗大钻戒。老板问我要保留多久的时候，我说一周。

一周后，如果我没有来赎回，那他可以随便处理。

然后，我又去另一家高仿的珠宝店买了一枚一模一样的高仿戒指。戴在左手无名指上和真的没有任何差别。

我进门的时候，他正焦急地打着电话向朋友查问我的下落。见到我的一瞬间有些怔忪，忽然就过来把我箍进怀里。

我想起装在猫项圈上的针孔摄影机一不小心拍到的那些画面，原来他高潮的时候小腿肌肉会抽搐。

我的头发上攒了贝蒂苏一整晚的香烟味，不知道他怎么就亲得下去。从他的怀抱里挣脱出来，我尽量扯出一个正常的笑容。

他似是不安，伸出手又钩住我。

这次我顺从了些，伸手环住他。

"以后不要乱跑，你知道我昨晚多担心吗？"他的声音很好听，又醇又厚，责备和宠爱拿捏得非常好。如此老练，我以前怎么就没有察觉出来呢。

"你昨天一整天都一个人吗？"我腾出那只戴了假钻戒的手，试图抓住一缕阳光。

他淡淡地"嗯"了一声，手掌摩挲着我的腰。

那枚假戒指在阳光下闪着晶晶亮亮的光。

贝蒂苏说得对，用肉眼根本分辨不出来，那像真钻一样耀眼的火彩。

第二章
相逢已迟暮

山河岁月为君老
那肯陌路再相逢

1

苏迟暮很小的时候到过乡下的亲戚家做客。江南水乡湿漉漉的天气里,她浑身的每个毛孔都像是吸饱了水,滋养惬意。

那时候她是个水灵灵的小姑娘,还没有被生活拆骨剔肉。后来想想其实一切仿佛就是从那个时候开始,在漫长的年岁里铺陈抒意,变成一种不能抗衡的势。

现在她已经很老了,还清晰地记得那个午后,江南小镇上的神婆把写着签语的红纸条凑上正在燃烧的红蜡烛点燃。

孤
独
残
废

四个字依次烧了起来,火光明亮耀眼。神婆的脸湮在那团火的后面，看不清表情。

她母亲听说了这次占卜问神的迷信活动之后很不高兴。这位上海滩名牌大学的教务长大半辈子只认"德先生"和"赛先生"，小女儿居然跑去参与封建残余活动，简直是有辱门风。她原本还在纠结应该让女儿入读国文系还是医学系，这下倒清明了。

苏迟暮拗不过身为知名教育人士的母亲，委屈地成了医学院的一年级新生。

这份委屈一直到多年后，她听说姐姐的外孙女芽芽跑去国外读什么人类学，又爆发过一次。

愿望得逞怎么就是那么恼人的事情呐，尤其是别人的愿望。

一瞬间，那张少女时代被烧掉的土红色符纸和神婆暧昧不明的脸就像幽灵一样冒了出来。而这个时候她又会庆幸：还好已经老了，每天瘫在床上等死。一切都已经过去了。

可一生这么长，究竟是怎么过去的呢？她使劲想，却想不起来。

2

好像是大学二年级的时候，一圈人坐在草地上点着篝火。火烧得旺呀，苏迟暮隔着老远也能感觉到火气扑过来撩着她露在外面的小腿肚。细小的汗毛被那团热力拔得一根根竖起来，微微的痛里居然夹杂着兴奋。

鲍比陈和李乐丝这对小情侣坐在苏迟暮的对面眉来眼去，恨不得下一秒就扑上去咬死对方。

不知是谁带了瓶酒催动了春末夏初的阵法，对面男女的领口微敞，魂灵头早就丢去了外太空，纠缠得旁若无人。

那不是一个开放的年代，他们这群人若不是大多家中都有留洋的经历，断然是不敢这样的。篝火烧得热辣辣，苏迟暮的脸也被烘得厉害。对面的男女没法直视，却像胶水一样粘住了她的视线。

飘来飘去，看得都累了。

她这样想着，身边偏巧就有人这么问："你这样想看又不敢看，累不累啊？"

"累啊。"苏迟暮自然地回答。下一秒反应过来，后悔地咬了咬唇瓣。

可是已经晚了，苏丹青在她身畔坐下来，一手撑着地："他们应该谢谢我。"他笑着对她说，"那可是我父母当年婚礼上的酒。"

苏迟暮"哦"了一声算是回答。

"不过，他们已经离婚了。"苏丹青喝了口酒，"知道这酒是什么味道吗？"

"酒还能是什么味道。"苏迟暮真心不好奇，眼睛却像钉子一样钉在对面纠缠的男女身上。

忽然她的头被人大力摆正，两只眼珠子被迫直勾勾迎向对面的人。苏丹青的大手包着她的耳朵。

"你这么好奇他们，自己体会一下好了。"他喝了口酒，眼睛里有星星的碎屑。下一秒，那些星星向苏迟暮奔来，跌落进宇宙的黑洞里，她的眼睛。

苏迟暮吮着那人嘴里温热的液体。原来这酒的味道是这样的。

她在一片漆黑中里睁开了眼睛，星星的碎屑从那里升了起来。下一秒世界就倒塌在混沌里。

～ 3 ～

苏迟暮从昏迷里醒过来的时候，已是初秋。

她的脑袋里长了颗肿瘤。那是一颗无害的小肉瘤，它小心翼翼潜行多年，却被苏丹青的一个吻逼出了真身。母亲说苏丹青算是救了她一命，苏迟暮却并不这么认为。

本来那颗肿瘤也没有碍着自己什么，拜他所赐，却硬生生被剃了个头，头皮上还多了条像蜈蚣一样的疤痕。

不仅如此，她是否有资格当医生也因此变成了一个问题。

这个问题困扰了医学院老学究们很久。"脑子开过刀的人，拿刀手抖的啊。"快毕业的时候，某天她路过办公室，听见学究们讨论自己的分配问题，边说边嗑着香瓜子，不紧不慢地吹几口热茶。

苏迟暮伸出自己的手看了很久，它明明纹丝不动，好得很呐，却被说成残了一样。

然后那个"残"字在符纸上燃烧的样子，就隔着时空蹿了出来，烧得她背脊上阵阵湿冷。

没有人仔细来考证过这个问题，她究竟握手术刀的时候会不会手抖？可如果稍有差池，救人就变成了杀人。

安全起见，最好的办法就是让苏迟暮永远沾不到手术台，最好连边也沾不到。

毕业的时候，同学们都去了各大医院，只有苏迟暮去了钢铁厂的医务室。

堂堂医大毕业生去了工厂里，每日给人配些头疼脑热的药。老学究们觉得自己做得万分稳妥，保障了广大人民群众的生命安全。

从此苏迟暮觉得苏丹青就是颗灾星，可不明真相的人们都觉得他们是一对。

古往今来，但凡救命之恩，统统以身相许。

学地质的苏丹青被分去了北方的矿区，一年到头东奔西跑。他每到一个地方，都会给苏迟暮写信，说些有的没的无聊事。

什么在野外看到了狼。

星星很像那天晚上某人的眼睛……

你那边天气可好？黄梅天要来了，记得带伞。

……

她每次没看完就想立刻扔掉，却被母亲捡了回来，煞有其事地洒了古龙水，收在檀香木盒子里。母亲说你还年轻不懂得，老了就会觉得这些东西还是挺有意思的。她还说男孩子么，侬要抓抓牢，没有人会在得不到回应的事情上一直热络下去，伐好拿旁人照排头（不能总拿别人当靠山）。

"抓牢"这件事让苏迟暮很困扰。她实在不晓得要怎么"抓牢"，也没有感觉到"抓牢"的必要。

厂医是个很清闲的工作，她不忙的时候就早退去大医院里看当了医生的同学们。

最喜欢看的是当了外科医生的杜朱迪。

有时赶上朱迪做手术，一做好几个钟头，出来就喊胃疼腿疼，怨恨得要命。

苏迟暮看着她却只觉得羡慕，想着如果自己是朱迪，永远少一餐也没有什么要紧的。然后她就会觉得很好笑，原本自己明明是想念国文系的，怎么就开始喜欢站在手术台上刀起刀落，而现在却又只是个徒有虚名的医生。

为什么喜欢的，最后都会被夺走呢？

某天苏迟暮去找朱迪的时候，她正在忙着救人性命。

"快点去找严医生啊！"手术室的门被急急地推开，小护士慌张地奔出来。朱迪的声音也跟着飘了出来。看起来是个棘手的病人。苏迟暮坐在手术室门口的长凳上蜷好双腿，乖巧地伪装成背景。

她才把自己收好，高瘦清冷的男医生一阵风一样从走廊的另一头刮过来，后面跟着小跑的护士吃力地帮他系手术袍。男医生步步生风，却在路过苏迟暮的时候，忽然停下来用目光瞥了她一眼。

苏迟暮被他看得微微一愣，男医生已经在对视中收回目光，转身消失不见。

那场手术做了好长时间。门口那盏红灯灭掉的时候，窗外已是漆黑一片。

"还好有严医生啊，差点就要救不回来了呐！"小护士们像放了学从校门里出来的学生，叽叽喳喳说个不停。苏迟暮等了很久都不见杜朱迪，倒是那个男医生先走了出来。

手术到底是体力活，做完一台居然背也驼了些，可即使这样，这位男医生也叫人移不开目光。

苏迟暮非常反常地盯着男医生看，毫不避讳。他也感受到了她的注视，停下来回望着。两两相望许久，他终于开口说："嗨，苏迟暮。你好吗？"她没料到男医生居然在喊自己的名字，愣了半晌。

男医生又自顾轻轻一笑："看上去像是很好的样子。天晚了，早点回家。"

男医生一副和自己很熟络的样子，苏迟暮却不记得他们几时认识。

4

杜朱迪自诩是杰出的外科医生,谁知遇见严保罗这样的存在。

"我就是找不到那几个出血点,怎么样都找不到。"她伸手捂住脸,呜呜地说,"如果不是 Dr. 严刚巧下班没走,病人现在恐怕已经在太平间了吧。"朱迪的双肩簌簌地抖,不知道是在为哪样难过:是自己险些没救回病人,还是严保罗神一样的那双手。

"严医生为啥道理晓得吾额名字?"苏迟暮轻轻拍着朱迪的背问道。

"苏迟暮,侬是伐是人啦!"朱迪用红肿眼睛恨恨瞪她,"吾都嘎难过了,侬却只关心这种无关紧要的事体。"

朱迪毕竟是朱迪,嘴毒心软。她告诉苏迟暮,那个帮她切掉脑瘤的医生,就是严保罗。严保罗比杜朱迪和苏迟暮高好几届,主攻脑外科。

至于严保罗为什么会记得苏迟暮的名字,后来他们相熟,严保罗说苏迟暮是他第一个主刀的开颅病人。

"那台手术做得不太好。"他用字正腔圆的普通话说抱歉,却不掩饰笑意,"所以我觉得对不起那只小白鼠啊,就只好记住她的名字,时时观察她过得是否幸福安康。"

说这话的时候,小白鼠正躺在严保罗的胸口,心里开出漫山遍野的小花。小白鼠由衷觉得那颗肿瘤是老天赠她的 lucky charm,陪了她那么多年,只为等到严保罗。

不知从何时开始,杜朱迪产生了一种错觉:苏迟暮和自己一样是在医院上班的。午饭时她在,晚饭时她在,下午茶有时也在。一年十二个月五十二周三百六十五天,她几乎都在。

简单概括来说，只要严保罗在，她苏迟暮都在。

"抓牢"两个字在夜半无人时候，会忽然浮出来飘在苏迟暮的心上。这两个字原来是这般高深的体会。

并非出于抓牢一张饭票这样世俗的愿望，而是平生从未有过的，因为爱一个人才开始渴望长命百岁。每时每刻并且无时无刻，时间在他们这里失掉了作为那杆尺的意义。

严保罗祖母是英国贵族小姐，到他这一代眉眼发色仍有西人痕迹。鼻梁高挺、毛发微卷、肤色白皙，瞳孔较大众也要浅上几分。他母亲早逝，父亲和姐姐因为局势暧昧也辗转迁去了香港，时时来信催他前去团聚。他原本就提不起兴趣，而后因为苏迟暮的关系，便更有了不去的理由。

两人好到差不多的时候，就想着结婚，然后兴致勃勃地去挑婚纱，百货公司的选择却好少。那时年轻人都流行穿粗布衫拍结婚照，要是能穿军装就更好了。

"那些资本主义腐朽的白窗帘布、蕾丝蚊帐都噶难看，有什么好穿的。"中年售货员阿姨满嘴牢骚地翻仓库的钥匙，一路都没有给他们好脸色。

他们俩拼命忍住笑。折腾了一下午，终于从一脸愤慨的售货员手里接过压箱底的"白窗帘"和"蕾丝蚊帐"，找了相熟的照相馆拍了张结婚相片。苏迟暮挑了束新鲜的白色海芋，裁断了用丝带捆紧成一束，小巧得能够握在一手里。

他们挽住对方相视一笑，那银光一闪，就有种一世心安被留存了证据的感觉。

可是人间多变，嘴上说一世，世事却已经翻到了下一页。

还没有等到他们交换刻着对方名字的素圈戒指，香港就传来急电：严父病危，盼速至。

苏迟暮在一个雨天送别严保罗，像这世间其他千千万万的分别一样，她心中忐忑。情势并不好，他这一去不知道几时能够回来，又或者他也许根本……不会回来？严保罗伸手揽她，在暗处吻她的额角。

"小白鼠，等我回来。"苏迟暮心慌地点头又摇头，直到载着他的火车开出了老远，忐忑终于被心痛打败。

她忽然想起那张符纸上的"独"字，浑身冒起大片鸡皮疙瘩。他已经走了，也许永远都不会回来。

5

严保罗这一去就真的就没有再回来。

很多年后，研究历史的学者管他这样的人叫"逃港者"。他们冒着巨大的风险，从大陆非法进入香港，其中一大半会死在途中。

也不知道严保罗是活着还是死了。

夜深人静的时候苏迟暮会突然冒出这样的问题。应该活得好好的吧，他这样的人，老天爷怎么舍得他死呢。

他也许在世界的某个角落活得好好的，苏迟暮却从此在自己的余生里念叨着"死"这件事。

那时母亲已经不再是高高在上的教育界名媛，而是思想觉悟不够彻底的右派危险分子，没有抗住经年累月的羞辱，在一个冬天的早上突发脑溢血驾鹤西去。

兄姐们散落在各地劳动改造，家中只留一个从小照顾她的老保姆。

因为严保罗的关系，苏迟暮也被连坐。出身知识分子家庭本就不够硬气，偏偏还和被定性为"叛逃"的罪人有这么紧密的过往。

还有那个有伤风化的离别，在人潮汹涌里，触目惊心得叫人难忘。

昔日严医生捧在手心里的小白鼠成了人人厌弃的家鼠。

一天她路过严保罗的医院，矮矮的后墙上爬满了厚厚的爬山虎，鬼使神差地就想要拨开那片浓绿，把头埋进去。她觉得那叠嶂之后是另一片世界，安稳甜蜜，是没有崩塌的从前。

忽然有人拍了拍她的肩。

杜朱迪憔悴的脸出现在她的瞳孔里。杜朱迪从前是丰腴的美人，现在是一张黄皮包着的枯骨，只剩两只眼睛还射出伶俐的光。

"快走。别让人看见你。"朱迪声音沙哑，说完这句话转身就走，看都不看苏迟暮。这些年，这世界对苏迟暮最大的善意，便是这样了。

苏丹青找到苏迟暮的时候，她在配药室里刷着糨糊粘装药丸的小纸袋。小纸袋堆得像山一样高，几乎要把她埋在里面。苏丹青就倚在门口看她，也不出声，心里泛起汹涌的酸潮。

过了不知多久，苏迟暮抬头扭脖子的时候才看见立在门口的男人。

那人眼眶泛着红，努力想扯出像以前一样的坏笑，却怎么看都像哭。

晚上在她家吃饭，家里的老保姆使出浑身解数，弄了条巴掌大的红烧鱼。

"你好歹是个医生啊。"苏丹青边笑边把拆干净的鱼肉堆在苏迟暮的碗里,"动得了手术怎么连鱼刺都不会剔?"

"拜你所赐,脑子开过刀了,手抖啊。"苏迟暮说着这个陈旧的笑话,自己"扑哧"一声笑了。那颗 lucky charm 能够等来严保罗,也都是因为他。

她鼻子一酸滚下大颗泪珠来。伸手撑住额头努力平复:"开玩笑的,反正也吃不到鱼,会不会剔都伐要紧额。"

苏丹青坐在窄桌的对面,静静地看着对面流泪的女人,伸手握住她的手腕轻轻捏了捏。他说:"苏迟暮,你要不要嫁给我?"

晚上苏迟暮像小时候那样窝在老保姆的怀里。

老保姆轻轻拍她的背:"我看那个男小歪邪气好(我看那个小男孩很好)。"

苏迟暮不答话,老保姆又说:"吾晓得侬心里厢喜欢是严少爷,可是一生一世不是靠喜欢两个字活过去的。四小姐,吾啊噶老了,陪伐了侬多少辰光(陪不了你多久了)。"

那句"陪伐了侬多少辰光",像把剑一样插进她心里。那个地方被戳出个洞,亿万粒恒河沙都填不满。

倘若一辈子是一趟从起点开向终点的列车,来往的人全都是过客,即使他从头坐到尾陪你一路,到终点也要下车。严保罗下车早了点,现在换苏丹青来作陪,这样可还好?

这些年,她在世态炎凉里悟出的唯一一个道理是,人只有自己,别人都是恩赐,不能 take it as granted。和当年母亲挂在嘴边的那句话殊途同归,伐好拿旁人照排头(不能总拿别人当靠山)。

苏迟暮第二次拍结婚照:白衬衣,黑色长裤,一张脸素面朝天,身边的人换成苏丹青。

摄影师按快门的时候,她望着身边人的侧脸想,他会在哪站下车?抑或是这趟是她先到站,谁又晓得呐。

6

许多年以后,驼背老头苏丹青得了老年痴呆症。他坐在警察局里等着家人来领的时候,警察问他:"阿伯,您爱人叫什么名字?"

"苏迟暮。"苏丹青不假思索地脱口而出,刚好被一脚踏进门的儿子听到。

儿子心里长吁短叹父亲真是病得不轻。

据说得了这病,隔得越久的事情记得越清楚。父亲和自己的母亲——他的第二任妻子离婚都已经十多年了,居然还把第一任前妻当现任。

儿子打电话给父亲与第一任妻子生的女儿,打算约她出来聊一聊父亲的病情。他这位同父异母的姐姐,比他大了将近二十岁,有个很洋气的名字叫贝蒂苏。她做的工作也很洋气,在投行里干得风生水起,满世界乱飞。

贝蒂苏很耐心地在电话那头听他说,沉默了很久开口道:"你如果需要钱,我可以给你。可是别的,我什么都做不了。"

贝蒂苏从小被养母带大。小时候不知道那个每次来看她都会带很多好吃好穿好玩的漂亮阿姨,其实才是自己的亲生母亲。后来知道上一代的过往,要说一点怨恨都没有,那自然是说笑了。可苏迟暮后来得了脑梗,半身不遂瘫在床上等死的时候,贝蒂苏不知怎么的,反倒愿意在她跟前待着。

"苏苏啊,你说人死了以后,烧的时候会不会很痛?"苏迟暮很认真地在琢磨这个问题。

"不会的,人都死了,怎么还会有知觉。"贝蒂苏觉得这个问题真是好笑,"侬老早不是学医的吗?怎么问这种问题?"

苏迟暮脸上挂着一丝神秘的微笑:"乃妈妈比我聪明,把侬教得嘎好,吾就放心了。"

苏丹青和苏迟暮婚后几年,苏丹青还在北方驻扎。那时候最坏的时刻已经过去,苏迟暮回到了物是人非的医务室,继续当厂医。

一天有个外厂来出差的访客来配药,胡扯海谈了整个下午。主要内容是他们矿厂上一位已婚的男工程师和一个未婚女青年之间的绯闻。

听说那位男工程师的妻子在大上海的工厂里当厂医,两地分居。

"那年纪,也就和您差不多吧。"谈八卦的访客啜了口茶,"两个人都有女儿了呐,还背着他老婆做出这种不要脸的事情,真是衣冠禽兽。下流坯!"

一个月后,苏迟暮身处漫天黄沙的北方,对面坐着那日别人口中的"衣冠禽兽"。

因为从未心动,所以没有心痛。

她只是忽然想起母亲的话:没有人会在得不到回应的事情上一直热络下去。

苏丹青说,他起先并不在意那个姑娘的热络,可她让他想起从前的苏迟暮,和严保罗在一起的时候,那个眼角眉梢都有笑意的苏迟暮。他忽然明白了,爱情的脸原来长成这样。

"我原本以为，只要陪着你就好了。我就这样陪着你，还有什么做不到的呐。"苏丹青苦笑了一下，"可是原来真的什么都做不到啊。"

那天晚上他们互相抱着哭，彼此安慰。北方的寒夜里竟生出一丝暖。他爱她，她却爱他；他等她，她却等他；他从此远远看她，她转身走得潇洒。

"如果那个晚上，我没有看见你眼睛里的星星就好了。"苏丹青送苏迟暮回上海的时候，在她耳边说了这样一句话。

这世上哪有那么多如果呐。

她现在已经很老了，整日瘫在床上等死，人生串起"孤独残废"四个字。

这几天她开始惦记应该为自己准备什么样的寿衣。以前老保姆在的时候说过，这种东西都是要提前准备好的。

贝蒂苏又离婚了，姐姐最近每日到她这里抱怨那个孩子坎坷的缘分。

"讲真，侬难道希望伊像侬一样。"姐姐苏拂晓一生为人滴水不漏，唯独在苏迟暮面前才露出张牙舞爪的模样，"好好的日子不要过，乃一个个都作天作地。"

"阿姐，侬伐要生气嘛。"苏迟暮柔声哄她，"侬随便伊去（你随便她去）。"

"哦，对了。今天有人在门口放了束小白花，吾看看叫还蛮好看的，就帮侬拿进来了。"苏拂晓往苏迟暮手里塞了束花。

那是新鲜的白色海芋，剪短了枝干用丝带捆紧成一束，花束中央有一只布偶小白鼠，憨黠可爱。

神婆湮在那团火光后面的表情突然拨开烟雾,来到年老的苏迟暮面前。那是一抹温善的淡笑。

虽然在爱里吃了苦,但还是要爱的。

爱到底是好的。

第三章
孤独肾

肾是成双成对的器官

少一颗也能活下去

最着魔的时候,某天他给她打电话,她正在吃烧鹅。

她平时是不吃烧鹅的。鸭鹅这些禽类,不论怎么烹煮,在她尝来都有种无法散去的臊气。两只脚的东西实在不怎么好吃。

可这天的烧鹅美味到不行,她也出奇地有耐心,鹅肉沾着桂花酱,小口小口地吃。就在这时候电话响了。

那头他说:"我还有十分钟就到。待会见。"

只是一句话的时间,烧鹅突然就变得不好吃了。

她放下筷子,叫来服务生买单。用纸巾仔细地擦掉嘴角的油,又掏出唇膏对着镜子忐忑地涂。忽然就没了寂静。

是什么让人失去了对时间的忍耐呐?

1

英文里有个单词叫"loser",中文译作"失败者"。"失败者"本身就是一个很失败的翻译,没能翻译出"loser"这个词的精髓。

西方人用这个词的时候,弥漫着一种被全世界嫌弃的恶感。

这个词充满了负面能量。"失败者",恰恰就失败在——没有翻译出这种厌恶。它只是一个不痛不痒的说法。

并没有人问过陈落芽,可是如果让她来翻译,她应该会把这个词翻译成"屄✕"。

眼下她自己就是个"loser",或者说"屄✕"。

这样说并不合适,尤其对于一个生长在上海,富于教养的年轻女人。

从前外婆在的时候,她是断然不敢讲这样的话。若是做了什么不得体的事,外婆总是轻轻地咳嗽一声,然后陈落芽就"拎清"了——自己没了规矩。

"规矩"是地道上海家庭里的秩序;"得体"则是一个上海女人的 second skin;"拎得清"是纷乱的人事里,摆正自己的位置,做出恰当的反应。

司仪朗朗的声音从一旁的宴会厅飘来,在这偌大的空间里形成了一道道波浪般的回声。

"我十分感谢这位年轻人,为了今晚而付出的努力……"CEO 开始致辞了。他身旁的"年轻人"摆出羞涩谦卑的微笑,仿佛这一切是对他的谬赞。一个人的外表和他的真实状态居然差了无数个平行宇宙。

陈落芽看不下去了,拨开人群,走向隔壁的偏厅。她的高跟鞋在光滑的大理石地面敲出有节奏的"嗒嗒"声,引人侧目。

穿过偏厅,是一座古埃及的神庙。她站在神殿的中央,周围皆是从埃及搬来的一砖一瓦和巨大神像。当年博物馆斥巨资从埃及拆了这座庙,空运到这大都会里组装重建。她忽然"扑哧"一声笑了出来,人类怎么就那么无聊呐。

可这些神,她与它们只对视了一下,就流出眼泪来。她没有办法再掩饰内心的不甘和委屈,她的疲惫汹涌地跑出来,得体在它们面前根本不值一提。她在神像下哭得簌簌发抖,像一只受惊又悲伤的动物。然而众神的目光并没有异样。在它们漫长的存在里,一定是见多了她这样的人。

和神的时间比起来,人的痛苦多么短暂。

这栋百年博物馆的天台,是一座孤独的山丘。山丘的顶端,银白色的月亮放肆地微笑,媚眼如丝。

哭肿了眼睛的陈落芽立在月光里掏出手机,订了张从纽约回上海的机票。

几个月前,她的未婚夫在婚礼上牵了别人的手,逃出礼堂。她心里刚好爱着别人,也不想结这趟婚,索性帮忙堵在礼堂门口,为他们争取些时间,也换得自己的自由。

这晚,一起工作的人抢走了她辛苦大半年的荣耀。她能做的无非是跑到隔壁的神庙里,对着千年的石头哭了一场。

她忽然感到很累,为自己也为这个世界。

她忽然想起一个地方,人们把那个地方叫作——故乡。

她出走了十年,从未惦记。

2

苏家在上海绵延百年,到陈落芽这一辈已是第五代。这个家族百年来的特产只有一样——女人。不论是已经入土的苏婉、苏拂晓、苏迟暮,还是活物贝蒂苏、苏丽珍、陈落芽……她们都是凌厉的美人,生生不息。

当然和那些先人比起来，陈落芽是自愧不如的。

她们的优点，她全然没有遗传到，缺点却是完美复刻。她总是不合时宜地反抗，比如在光滑的大理石地面用力踩着高跟鞋，表达心中的怨气，却没有人知道究竟是为什么。又比如，她年复一年爱着爱不到的人。别人的青春是一张干净方正的白纸巾，而她的白纸巾被撕成了一道道的碎长条，还被狗啃了边。

客观地说，这也不能全部怪她——苏家的基因也负有很大的责任。从历史的角度来总结，她们家世代都喜欢和命运争夺，只爱那些——爱不到的人。

上海这个地方，从来只造有生之年会散的缘分。

只好眼睁睁地看着自己硬起心肠。

一个人。

3

陈落芽候机的时候，看见了当期杂志里曾盐的大幅照片。

南阳路上粢饭团和凯司令的拿破仑，一中一西，是上海为数不多让她留恋的地方。

粢饭团，糯米蒸软包上油条、肉糜、鸡蛋，讲究的再加上些小酱菜，裹成条状或者球状。趁热的时候吃，鲜甜咸香。油条的香脆，混合着糯米的软韧，就着各种小料就是天底下最实诚的食物，吃一个管一天。

90年代的时候，"鲜奶蛋糕"忽然一夜走俏。所谓"鲜奶"其实是氢化植物油打发的"伪奶油"，颜色惨白，分量极轻，吃到嘴里恍若无物，整个人都充满绵密的窒息感，不知道咽下去的究竟是什么。也是从那时起,在上海要吃到动物奶油西点,居然变得困难起来。动植物奶油大战,时尚更迭,唯有凯司令还在坚持。拿破仑很多饼家都有,凯家却最有诚意,用的是动物奶油,香醇厚实。

只是这种千层酥吃起来一路掉渣,腔调实在难看。

陈落芽第一次带曾盐去吃拿破仑,坐在南京西路茂名路上的凯司令老店。

他被这种做作的点心惊呆了,目不转睛地看她一口一口吃掉那个丑陋的千层酥,满身满桌都是碎屑。

"以后你要是想吓跑什么人,带他来看你吃一次拿破仑就好了。"他一边帮她拍衣服上的饼渣,一边嘲笑她。

"吃一口嘛,很好吃的。"她把最后一口省下来,塞进曾盐的嘴里。他石化了几秒钟才开始别扭地咀嚼,仿佛扔进他嘴里的是颗深水炸弹。

"怎么样?是不是感觉拥有了整个世界?"

"嗯。"

陈落芽对这个回答颇为满意。这话从他嘴里说出来,已是表扬。小孩嘴刁但富于品味,多半是家里惯出来的好习惯。从前各家收入水平差不多,并不像现在这般富足,全看家中是否讲究。

"小姑娘,可伐可以借侬男朋友用一用,帮阿拉拍张照片啊?"隔壁桌走来个老先生。

"随便用。"她脱口而出不等那人拒绝。曾盐回过头给了她一记白眼。

隔壁桌的老先生和夫人金婚纪念,跑来当年第一次约会的地方庆祝。为了表示对曾盐帮他们拍照的感谢,加送他们一块栗子蛋糕。

"小姑娘吾忒侬讲哦，这个地方老灵额。吾看侬也是蛮有眼光的。"老太太也是逗，边说边用眼睛睇一下曾盐。那精妙一瞥，满满都是老妇人上了年纪后对一切了若指掌的自信。

"我们不是……"可曾盐这人最擅长的事情就是"拆台"。

"欸，这有什么关系啦？阿拉第一趟在这里碰头的辰光也不是。"老先生轻巧把话堵了回去打着圆场，微笑着看向老太太。

陈落芽在一旁笑着不说话，看看老夫妇，又看看曾盐。

他这个人就是这样。

看见流星，就以为它会坠落到地球，却不知道只是轨道的这一段比平日里近了些罢了。

～ 4 ～

曾盐每交一任新女友，都会带给陈落芽看。陈落芽心里一半酸，酸到极致又涌出另一半好奇心，只好忍着酸去当"人类学家"。

曾盐有时候会爱上很奇怪的人：患躁郁症的酒店试睡员，只有一颗肾的驯兽师，内心碳化像钻石的珠宝匠。曾盐好像可以爱上任何人，却唯独不爱她。

他可以看着她的眼睛说"芽芽，你真美"，却一丝一毫也不想品尝她的味道，那么真诚。

女友们成了"前女友"，却还是念着陈落芽的好，友谊亘古绵长，她常常从世界各地收到奇怪的礼物。

驯兽师最近从非洲带给她一条皮鞭，据说在公牛的尿液里混合着香料和酒精浸泡了一个世纪，拥有隐秘的神力。

"飘在空中的女人，愿你早日着陆。"驯兽师坐在她对面端着咖啡笑，露出慧黠的牙齿。

陈落芽翻了记白眼，五十步笑百步。

驯兽师给落芽讲她最近的恋爱，在非洲。她真挚地爱着大象。

"我和你不同。"驯兽师说，"你被下了套，在一个人身上花了太多时间。"

"你怎么知道？"落芽低着头，不敢看她的眼睛。

"我一直羡慕你有两颗肾。"驯兽师桃红色的唇印上咖啡杯沿，"少了一颗，也能活下去。"驯兽师伸手揩了揩杯沿上的那抹红，又凑上前去用那根手指摩挲陈落芽的唇瓣。陈落芽的唇上染了一缕薄薄的桃红。

"这是他欠你的。"驯兽师淡淡地说。

5

贝蒂苏来机场接的陈落芽。她们直接驱车去墓园看苏拂晓。游子归，去故人坟前喝盅酒才算落地。洗手前都要先去墓碑上帮她拍尘土。

外婆苏拂晓女士是个很"了不起"的女人。这种"了不起"体现在诸多方面，比如她是个善良的人：一手带大了妹妹苏迟暮的女儿，视如己出。在那个万分艰难的年代，把小姑娘养成了倾倒众生的贝蒂苏。又比如她是个机巧的人，精于人情、工于心计，成功拆散了贝蒂苏的师生恋。

当然她最"了不起"的地方在于，她有一股这个家族里罕见的狠劲，且这股狠劲内外兼修，攘外又安内。她花了二十年的时间，死拖活拽不肯离婚。直到后来小三终于挨不下去，抛弃了陈落芽那出轨的外公另觅良枝，她才像太后一样颁了道离婚的懿旨。

陈落芽在苏拂晓的坟前洒上一杯薄酒，落地的瞬间被吸进干涸的土里，不知地下的苏拂晓是口渴还是心渴。贝蒂苏掏出一瓶芦丹氏对着墓碑周围一阵喷，青草香、修女香混合在一起，在空中纠缠撕扯。

"晓得侬伐欢喜香灰的味道，带瓶香水来孝敬侬。"贝蒂苏对着苏拂晓墓碑上的照片认真地讲，"芽芽回来了，姆妈侬要好好护佑她，个额小宁是又丢工作又是逃婚……"她的红唇吞吐出一串咒语，"侬要拿出当年对付吾额一半劲头，帮她摆平这只妖孽。"

心堵被贝蒂苏的话打得烟消云散，陈落芽笑得直不起腰来。贝蒂苏也笑。

"姆妈，侬额狠劲要遗传点给芽芽啊。"贝蒂苏最后这样说，点了炷香插在苏拂晓的坟上，拜了拜才离去。

6

他们今生的第一次相见，是在北京昏暗的狭长胡同里，他拿着球棍以一当十。

她从前在上海只见过男人吵架，两边人叫嚣着"小赤佬伐要跑，家什拿出来"。不过没有人真的把家什拿出来就是了。眼前这场架却打得十分实在，她看傻了眼，竟然忘了跑，趟了一滩莫名的浑水。一同杵一旁观战的，还有个拾破烂的小哑巴。小哑巴看得甚是激动，眼睛里满满都是泪花，"咿咿呀呀"发出呜咽。陈落芽觉得他们两人就差烫一壶黄酒开始剥花生米了。

过了一会儿，落芽贼兮兮地问小哑巴："你们认识啊？"

小哑巴"嗯嗯啊啊"地摇头，伸出脏兮兮的手揩掉盛不住的眼泪。

"不认识你哭什么啊?"陈落芽觉得真是莫名其妙。小哑巴哭得更凶了。

她偏头看着小哑巴这点儿工夫,一根钢管从侧面打过来,虎虎生风。陈落芽没有看见,躲不及,肩胛吃了记闷亏,脑袋也"嗡"了一下,疼得鼻子眼睛挤到一起。小哑巴在一旁吱哇乱叫。

"叫个屁啊,还不快跑!"陈落芽没好气地冲着小哑巴喊。她这个上海娇小姐,在水泥地上蜷成一团,心想着英雄救美这等狗屁事果然都是骗人的。

哎哟,太痛了,跑不动,等着挨下一记吧。

不过她苦等的下一记并没有到来。

曾盐痞痞地挡在她面前,挡掉了那些钢管,一手捞起她护在身后。陈落芽的脑袋顶在曾盐的后腰上,脸蹭在他的臀线上。

这男人屁股真翘。感受着,她弯了唇角。然后索性就不想跑了,和小哑巴坐在地上看曾盐摆平了一众小流氓。

他打完架,略花了脸,立在路灯下问他们:"你们俩没事吧?"

小哑巴和陈落芽瞪着眼,整齐划一地摇了摇头。曾盐也不再问,他们便一起去撸了串。

很久以后,陈落芽才知道自己是乱入的一道波光,在别人的威风劲里尝了个鲜。

曾盐和小哑巴只是点头之交:小哑巴常年在他家周边拾破烂,一来一去便相熟了。那天小哑巴被人欺负,曾盐刚好路过,就仗义了。

她后来在很多场合见过不一样打扮的曾盐:西装笔挺的、穿燕尾服的、白衬衣男友风的、半裸的……不知道为什么,都有点人面兽心的感觉。

唯独是那个打架的夜晚，最叫她难忘。

弄脏的白T恤，裹着紧实臀线的牛仔裤。

宽厚的手掌，坚实的臂膀。

纯净的眼睛。

那个人。

7

曾盐这个人极不正经，不惧鬼神。

像他那样的人，倘若写进书里那都是贻害千年的角色。

所以当陈落芽看见他一脸纸白躺在那里，身上插满管子的时候，她的脑袋"嗡"了一下，觉得此情此景，有点不太真实。

"不是号称种马吗？装什么死！"她发狠似的拼命咬他的手，脸上湿答答一片。

他手上多了一排绯红的牙印，印子里卡着她眼泪，味道咸湿。

"还肾衰竭，鬼才信你。"她开始呜呜地哭，又愤恨。

可不论她咬得多重，他都没有反应。她这才开始相信，他是真的快要死了。

"喂，我还没有泡到你呐！你不要死。"她日日对他说，面上日日都是滂沱大雨。

肾是成双成对的器官，少一颗也能活下去。

陈落芽被推进手术室的时候，想着即将分别的两颗肾。

它们分离后可会孤独？她身体里的那颗会不会想念远走他乡的另一颗？为了自己的愿望拆散别人，真是自私。

小时候，贝蒂苏给她讲故事，说割肉救至亲有奇效。她那时只觉得恶心，并不懂其中玄妙。

8

人有两颗肾是有原因的，少一颗会尿频。陈落芽倒是很适应这个变化，甚至感受到额外的好处：比如开会的时候，有不想听的桥段或者不想交谈的人，就可以随时去个洗手间。

"对不起，我只有一颗肾。"

"不好意思，我尿频。"

"我身体不好，你能不能不要刺激我了吗？"

……

还有比这些更好的理由吗？

曾盐不惧鬼神，也不相信所谓命运的预言。曾经他们散漫地走在唐人街上，被喝醉酒的映月师傅拦下来。映月师傅说，年轻人要当心身体，不要成双成对就觉得无所谓。师傅还对曾盐说，你们之间要有点情愫才好啊。

曾盐只是笑，全然不当一回事。可他却对这件事情印象深刻，还总拿这件事开玩笑。只是他记错了，总是说成"我和芽芽之间有段孽缘"。

其实这么说也没错。

陈落芽后来和映月师傅成了朋友。映月师傅的徒子徒孙们给他进贡各种各样的好东西，陈落芽总是跑去蹭他的茶喝。映月师傅的印尼小徒弟用蹩脚的普通话跟陈落芽说："姐姐，我师傅对你真好啊。"

陈落芽笑眯眯地问他："怎么说呐？他对所有人都很好啊。"

小徒弟说："老师从来不替人测姻缘，却对你说。他对你还不够好吗？"

陈落芽听了笑笑，怅然若失。

姻缘测不准啊。说说又何妨。

9

贝蒂苏陪陈落芽去文身，在蝴蝶骨上文一句梵文——莫忘今日之愚。要叫她记住自己这几年都干了什么蠢事。

还不如在胸上文"蠢货"二字得了，陈落芽心里想着，趴着一声不吭，任由纹身师处置。

贝蒂苏问她："为了他丢了一个肾、一颗心，剩下半条命死撑。人家究竟知不知道为什么？"

陈落芽闷着声音"嗯"了一下。

贝蒂苏来了兴致："你怎么知道？"

"因为我讲过。"陈落芽把脸埋进枕头里，她一直记得那个晚上——

她坐在曾盐的车里问他："喂喂喂，你收到我的信息了没？"

曾盐问她："哪条？"

"交往那条。"她毫不避讳，眼睛里像要喷出光来，直勾勾地看他。

他沉默了一会儿，说道："芽芽，我们这样挺好的。"

陈落芽很想问为什么，话到嘴边又咽回去，只说自己明白了。

他们各回各家，第二天还像什么事情都没有发生一样玩在一起。

第三天陈落芽登上了去巴黎的飞机,她从亚洲一路哭到欧洲,把隔壁座的外国小哥惊呆了。一个人原来可以有那么多眼泪。她也许淹没了丝绸之路。

"我也是有自尊心的,又不是没有感觉。"陈落芽嗷嗷地哭,愤恨地看着贝蒂苏。

为什么要问她这样的问题呐?和那些自尊心比起来,他的身边是应许之地,流出蜜糖和奶。她也在等,等还清这莫名的债,等他耗尽自己所有的期待,等自己心无旁骛地奔向江湖。

那时及以后,她不会再记得这个人。

她有种预感,那天正向她奔来。只是那一刻到来之前,她哪里都不想去。

10

曾盐恢复得很好,完全看不出生过大病的样子。

他的生活很繁忙,痊愈后三个月又像没事人一样到处飞。

他的事业做得更好了。回北京的时候还特地去看了小哑巴。两人夜深人静的时候跑去撸串。小哑巴交了个女朋友,每天干劲十足地努力生活。曾盐说:"你小子不错啊。爱情真是好东西,让人那么有奔头。"

小哑巴嘿嘿嘿地笑,在曾盐的手心写字。

他写:"姐姐呐?"

曾盐脑中蹦出个人,宽额头,皮肤白得像纸,五官又妖又仙。哭起来稀里哗啦,笑起来长眼睛眯成条缝,像只小柴犬。

他待了一会儿,直到小哑巴扯他的袖子,才缓缓地开口:"弄丢了。"

腰间那道伤口早就拆了线，此刻却火辣辣地痒。

陈落芽消失了好久。他不知道她在哪里。

他居然不知道她在哪里。心里别扭起来。

仔细想想，这些年她从来没有远离过。她在哪里，他便也在那里。从一座城到另一座，从一个国到另一个。那些见面时、离别时，拥抱着她，柔软的触感，恬净的气味。

曾盐捂着腰，额角沁出豆大的汗珠，觉得那颗外来的肾扭成一团，下一秒就要撕开疤痕跳出来。

心慌莫名。

人生残酷的地方也许是，你根本不知道自己错过了些什么。

第四章
白夜拂晓-上

那一声错喊
她瞬间从云端坠落下来
摔得粉身碎骨

1

每个家庭都有那种可有可无的小孩，非长非幼，夹在中间，掉了队也没人知道，永远刷不出存在感那种。

苏拂晓就是这种小孩。

上面有长兄长姐，颇得祖母的喜爱，总是被她带去爪哇，一住便是大半年。下面有个刚刚出生的妹妹，难缠得紧。可再怎么整日哭闹，也不招大人烦。

她那在知名大学当教务长的母亲素来绷着张脸，唯独对那小女儿仿佛变了个人。日日缱绻抱她在怀中，甚是珍爱。

将满5岁的苏拂晓对此颇为不解，搜遍记忆的每个角落都不记得母亲的臂弯曾是自己的温柔乡。

不过这个妹妹倒是不讨厌的。

家中无人时，老保姆要苏拂晓搭把手照顾。苏拂晓自己都是小孩，她的手小抓不住奶瓶，洒了妹妹一床。她正兀自僵持着，老保姆进来瞥见了一片狼藉，眼见就要发作，苏拂晓垂着睫毛说：

"吾正喂伊，伊乱动打翻忒了（我正喂她，她乱动打翻了）。"她说得不慌不忙，仿佛确有其事，妹妹坐在床上吃着小手笑得开心。这个故事便也说圆了。

从这个时候起，苏拂晓就觉得她们之间达成了某种默契。这种默契贯穿了她们的幼年和青春期，伴随着她们一路长大成人。

苏迟暮是真正的美人。论相貌，在本就出众的兄弟姐妹中算是最好。

苏拂晓顶欢喜她的那双眼睛。"一双瞳仁剪秋水"说的便是这种眼睛，看一眼连嫉妒都能平息几分。

好看的人儿总有特权，迟暮这种沉寂的名字用在别人身上是要沾满灰尘的，在她这里竟然生出一种温婉的感觉。

妹妹的性情也好，与世无争。可话说回来，她生得那么好看，的确是没有什么好争的。

2

苏拂晓长到二十岁的时候，苏迟暮十五六岁的光景。她们跑到江南的亲戚家避暑，在水乡里整日晃悠。

是哪一个明媚午后，命中注定地，她们闯进了那座阴沉的小院落。

院落里凉风飘荡，红烛跳耀，干枯的艾草在屋檐下高挂了一排，散发出令人眩晕的气味。再往内走，厅堂幽黑是一道深喉，勾着人跑不掉。

神婆是一个被皱纹掩盖着看不出长相的女人，在暧昧不明的烛火里，向她们伸出干巴巴的手。苏迟暮似乎很抗拒神婆那双像树杈一样的双手，转过头去拿签筒。

苏拂晓看着那双手，虽然忐忑，却还是鬼使神差地伸了过去。神婆的手虽然枯瘪却很柔软，干爽又有温柔的暖意。

苏拂晓绷着的肩缓缓松开。神婆的指甲剪得很短，指尖尽是皮肉，划过苏拂晓的掌纹。

她说："成住坏空，人生短长，并无他事。"苏拂晓听得不知所谓。

另一厢，苏迟暮拿签语，一脸惨白。

神婆不再多说，拿过签语纸沾了烛火烧掉，径自回到太师椅坐下闭目。

她们只听见鼾声渐浓，混着上气不接下气的知了叫。

不知怎么的，苏拂晓觉得整座院落眼见着就要崩塌，扯着苏迟暮赶紧退了出去。她们回到亲戚家的时候已是月亮高挂，免不了一顿责备，却是很有默契地，谁也没有提起神婆和她的小院。

神隐的午后成了她们之间的一桩秘事，像爬山虎一样扎进血肉神思里。暑假的结尾，两人就要回去的时候，还特地去寻了寻那个院落，却是意料之中的一无所获。

"姐姐，我们那天是做了个梦吧？"苏迟暮攥着苏拂晓的裙角，忐忑地问她。

"你说是就是吧。"苏拂晓答。

阳光被树叶的缝隙剪碎，落到她们的身上，变成黄金的粉末，拌匀了那最后一点不安。

～ 3 ～

回去上海滩后，生活还是一帆风顺的。

两姐妹念了同一所大学。苏拂晓毕业的时候，随了母亲的安排留校工作，每日出了家门，转身又在学校里碰了头。

可是在学校里碰头和在家里碰头的感觉真是不一样。两人在家里的时候都各自收敛，进了学校却是各种折腾，疯魔得不成人样。两人一般高，又常穿相同款式的衣裙，长得也略相像，便总让人混了眼，辨不出真身。

苏拂晓那时年方二十四五，单身。

不乏有人觉得她是快要到保质期的罐头，多半是卖不出去了。这话不是瞎编，有一回她亲耳听到表舅妈对母亲这样讲："吾刚阿姐，侬啊要操点心额呀（我说姐姐，你也是要操点心的）。"表舅妈生了六个孩子，每日家中忙得头重脚轻，妇人家的闲心倒是一分不少。

母亲嘴上并不搭理表舅妈，却不声不响地给苏拂晓安排了相亲。平日里，她很少使用自己的威严。

苏拂晓受宠若惊，突然觉得母亲心里还是有自己的。

4

相亲这件事颇为有趣。苏拂晓相到第三位的时候，对面坐着一位发际线堪忧的鳏夫。

"你和我那死去的前妻长得很像。"鳏夫的手指漫不经心地刮着咖啡杯的杯沿，"我就吃你这样的女人。"他的手向前突然抓住苏拂晓的手。苏拂晓像触了电一样几乎跳了起来，想要抽回手，对面的人却钳得紧紧的。

鳏夫的瞳色浅淡，从圆眼镜后面投过来，像极了鳄鱼的注视。

苏拂晓被看得不寒而栗。

"介绍人真是太贴心。"他十分满意地讲,另一只手也附了上来。苏拂晓装不下去,使劲挣扎起来,脖颈上的汗流下来,顺着锁骨滑了下去。

她刚好叫出声的时候,又有一只手搭了上来。手的主人利落地剥开钳住她的那些肉藤,把她完好无损地解救出来。

"这位先生,伐好意思。吾忒吾女朋友个一腔吵了点相骂,伊是忒吾赌气才跑出来相亲的(我和我女朋友这一阵吵了点架,她是和我赌气才出来相亲的)。"

手的主人,是个眉清目秀的年轻人。鳏夫先是一愣,盯着年轻人看了半天说道:"可是……可是你比苏小姐小啊。"

年轻人莞尔一笑:"是啊。费了不少功夫她才点头的呐。"说罢牵起苏拂晓,头也不回地走出去。

苏拂晓迈脚跟着走,脑子里重放着他讲"费了不少功夫呐"这句话。真是很好笑。年轻人的手掌很大,苏拂晓手小小的,刚好被包住。一路向前甚是喜悦。街的尽头,苏迟暮不知从哪里冒了出来。

"苏丹青,干得不错嘛!"苏迟暮弯着眼睛表扬那个年轻人,"我偷看了今天那人的相片,觉得不妙,所以派了人来救你。"她又对苏拂晓说,"我想得周到吧。"苏迟暮有些沾沾自喜。

年轻人牵着苏拂晓的手忽然松开了。

苏拂晓的灵魂从半空中跌落到地上。

"挺周到的,真是机灵啊。"她喃喃说道,声音很轻,又朝年轻人转过头去,"你叫苏丹青啊,谢谢你啊。"她道着谢,却并不看人家。

5

苏迟暮和苏丹青就是那种传说中的"天造地设",苏拂晓远远看着这两人时,脑中时常会冒出这个想法。

好看的人儿总是不缺人爱。苏丹青为人温润,脸上总是挂着淡淡的笑意,看见迟暮的时候,那种淡淡的笑意会变成一种光晕,从头到脚笼罩着他。

可是苏迟暮好像看不见那种光晕。不知道为什么,苏拂晓总有这样的感觉。

苏迟暮大二的时候,因为脑瘤住院开刀。那个无害的小肉瘤原本就陪伴她多年,因为苏丹青的一个吻,原形毕露。苏丹青自觉是祸首,每日都来医院探望。

苏母原本是有些脾气的,但看着苏丹青日日准点报道,病房里的鲜花水果,各种稀罕的补品从不间断,她也就发作不起来了。

"其实查出来也好,毕竟不是什么正常的情况,说不定什么时候就病变了呐。"年轻帅气的主治医生对苏母这样说道。苏母便顿悟了,苏丹青这一吻救了自己心爱的小女儿。

苏拂晓日日在病房见到苏丹青。两人见面的时候也不多话,苏丹青经过这件事好像变了个人,光晕也暗淡下去。苏拂晓见着涌出一丝丝不忍心,又不知道该说些什么。想了很久,还是说些苏迟暮小时候的趣事。

这招果然见效,听到乐处,苏丹青笑得前仰后合。苏拂晓看着他笑出眼泪来，也觉得轻松不少。苏迟暮还是一动不动地躺在那里，苏拂晓看看她，又看看苏丹青，忽然觉得，如果一直这样下去，也是挺好的。

6

三个月后，苏迟暮醒了过来，平安无事。

然而又有些不可闻说的变化。

众人似乎对她和苏丹青之间的关系有一种高深的理解。而群众的理解显然高于她本人的理解。

苏迟暮问苏拂晓发生了什么。

苏拂晓略思索了一下，对她说："自古以来，但凡救命之恩，统统以身相许。"大概是这么个意思。

苏迟暮便记得了这句话。她遇见严保罗时，就想起了苏拂晓的这句话，觉得真是太有智慧了。

在不同角度之下，很多事情完全是两个故事。其实苏迟暮如果换个角度想，苏丹青也是她的救命恩人。但从她的视线看来，他只是触媒。

苏迟暮恋爱了，爱上了她的救命恩人，年轻帅气的严医生。

也许是觉得自己和苏拂晓还算有些交情，苏丹青来找她。两人坐在德大喝咖啡。苏丹青虽然年纪不大，却是店中老克拉认可的小兄弟，得喝小壶咖啡①。两人面前摆着刚煮好的小壶咖啡，香

「注①」：小壶咖啡｜旧时上海德大西菜社的咖啡分两种：大壶咖啡和小壶咖啡。小壶咖啡特供交情好的老客人。属于店家特殊礼遇。一般客人至少喝上几年大壶咖啡，被店家和老客人圈接受，才有资格喝小壶咖啡。

气扑鼻。

"姐姐。"苏拂晓听到苏丹青这样喊自己，心里自嘲地一笑。

"我又要去西北了，有一阵不回来。"苏丹青腼腆地笑着。苏拂晓听到这句话，心里忽地往下一沉。

"迟暮知道吗？"苏拂晓问。

"会知道的。不过她应该无所谓。"苏丹青啜了口咖啡，尽量装出平淡的样子，"我就来道个别。"

"老想吃客炸猪排，晚点出去了，就吃不到了。"苏丹青略尴尬地讲出来，苏拂晓听罢觉得有点无措。

"想吃就点，姐姐请客。"她说完这句话就借口去洗手间。

在洗手间里对着镜子发愣，就觉得眼睛好酸。

倘若不知道一个人对你意味着什么，那就问问自己能否忍受那个人的离开，一切的问题便有答案了。

7

苏丹青走后第三年，苏拂晓也结婚了。

结婚对象和苏丹青一样，也是地质工程师。

选他结婚的原因有二：一是工程师常年在外，结了婚相当于是没结，并不受约束；二是双方都有共识需要结束大龄青年的状态，互助扯张纸击退外界无休无止的猜测和评论。

她结婚的时候收到了苏丹青的贺礼。上好的羊脂玉镯子，乳白光洁，戴到手上略重。苏丹青随礼附上一张便条，说这块玉料是自己采到，又跟着老师傅学的雕工，亲手做了这镯子。做得不好但是心意，祝姐姐新婚愉快。

苏拂晓的手指在镯子上摩挲了半天，终究还是放在柜子里锁紧了。

苏迟暮和严医生依然过着神仙眷侣的生活。苏拂晓看着他们便会想起远在西北的那个人，然后涌出一些烦恼和痛。

如果你不能拥有某样东西，最好有生之年都不要见证它的存在。当然还有种状况更糟糕，你拥有过，然后失去了。

苏迟暮的冬天很快来临。严医生接到家姐急电，父亲病重，收拾了行囊匆匆赶去。

"姐姐。"迟暮靠着窗户看着苏家的大花园，白色的窗帘在身后飘飘荡荡，"我觉得，保罗好像不会回来了。"

秋天，凉意瘆人。

8

地质工程师回上海省亲的时候，给苏拂晓带了点礼物：两条固本肥皂。

工程师说肥皂在他们那里也算是稀缺物资，是限量供应，他攒了很久才攒下两条。苏母闻言眉毛一挑，让老保姆预备香皂热水侍候姑爷洗澡。

她特别交代，要给姑爷用檀香皂。

自此便不再与姑爷出现在同一场合。

工程师并未觉察出什么。他这次回来有个重要任务，说服苏拂晓和他一起去西北生活一阵子。

"你们那里都是外地人士，应该不好相处。"苏拂晓说。

"不会，不会，也有几个上海小伙的。"工程师赶紧回答，"也算是有讲吴语的人。哦对了，其中一个也姓苏，还是妹妹的学长。我之前就想，你们会不会是亲戚啊。"

说者无心，听者一凛。

苏拂晓离开上海的时候，只有苏迟暮来送她。

"姐姐，姆妈是舍伐得侬（姐姐，妈妈是舍不得你的）。"苏迟暮这样对她讲，"伊伐是存心伐来额。侬看，这点吃的用的全是伊准备额（她不是存心不来，你看，这些吃的用都是她准备的）。"兜子里装的全是些肉食罐头，这几年越来越没有什么像样的东西拿得出手了。

苏拂晓看着她，突然就有一种负疚感涌了出来。却是什么也说不出来，只好伸手揉了揉苏迟暮的头顶心。

◈ 9 ◈

西北不比江南。漫天沙土里，苏拂晓这种水嫩白皙的江南女人，像一株绿油油的植物一样惹眼。

很快，她便发现了工程师费了九牛二虎之力把她带来这里的原因。

工程师和地质队里的小姑娘闹出点绯闻，正值他职称评级的关键时刻，需要正宫把守，以正视听。

工程师和那姑娘之间究竟有什么，苏拂晓毫不在乎。某种意义上他们之间是公平的，一如结婚时那般，公平交易，不缺斤短两。

她醉翁之意不在酒。

再次见到苏丹青的时候，在白头山的烈日底下。苏丹青瘦了，黑了,更精壮了。眉角眼梢多了些沧桑,不复少年模样。这几年他选择自我流放。

苏拂晓见了他,咧嘴一笑,十分自然。倒是苏丹青有些尴尬。

"姐姐,你怎么在这儿?"

苏拂晓又听见这个称呼,心底尴尬一笑:"好久不见啊!"她仰起头,微笑着看他,"我来探探你。"

10

工程师终日去找他的姑娘,苏拂晓倒也落得清净。

她清净的时候,就去找苏丹青。做点上海小菜聊聊天,变得熟稔起来。苏拂晓觉得人生从来没有这样惬意过。

那日,大半地质队都去了野外作业,他们就去当地著名的双龙洞夜游,被罕见大雨困在那里。

"也真是奇怪了,我在这里这么多年,从来没有下过这么大的雨。"苏丹青站在洞口看雨,回过头来笑着对她说,"是你从上海带来的吧。"

"我想也是。"苏拂晓浑身湿透,棉质的白衬衣紧紧贴在身上,一览无遗。苏丹青的目光不由自主地落到她身上,先是一怔,然后别过脸。

雨一直下,到夜半时分也不见停。两人生了一堆火。苏丹青掏出随身带的酒壶喝了几口,又递给苏拂晓:"喝一口,否则会冷的。"

五十度的白酒,入喉极辣。

苏拂晓喝了好几口,有点呛到。苏丹青赶紧接过酒壶帮她拍背。

苏拂晓不理，又从他那里抢过酒壶，给自己猛灌了好几口。

她喝完最后一口，看向一旁的苏丹青，凑上去把还没咽下去的酒喂到他的嘴里。他有些抗拒，但没有拒绝。

他们喝光了所有的酒。苏拂晓一颗颗解开了衬衣的扣子，躺在了粗粝的岩石上。他抱住她的时候，她轻微地颤了一下，他以为她是冷，便又抱得更紧了一些。

光裸的皮肤贴在一起，生出一些湿润的暖意。洞外的大雨声盖过了他们的声音。苏拂晓听不见自己的声音，却在战栗的云端听见有人喊了一声……

"迟暮。"

她瞬间从云端坠落下来，摔得粉身碎骨。

第五章

白夜拂晓－下

爱情是什么
相好过
便是了

仿佛是洞悉了不该知晓的巨大秘密，那夜之后苏拂晓收拾了行装，匆匆逃回上海。她忽地一下要离开，工程师计划好的心愿落了空。他的调级通知书还没有尘埃落定，来坐镇的妻子却要提前退场。

她走时如她来时，雨下得很大，在饥渴的西北。工程师表达不满的方式是不来给她送行，企图激起一丝涟漪，但也是惘然。苏拂晓好像没有意识到工程师的缺席，不管不顾地坐上了最快开往上海的火车，披着日月星辰逃离那个地方。

火车开过戈壁，经常遇到沙漠里骤然刮起的大风。沙石被卷上天又落下来，敲击在车身上发出令人不安的声响。苏拂晓听着，却觉得那是漫天落下的定心丸。她满脑子只是想着两个字：回去。

回去便好了，身后黄沙荒漠、黑夜、山洞、大雨，所有都只是一场旖旎春梦短。只有极少的时候，她实在是累了，抵御不了侵蚀，才会让自己记起那夜，却觉得那是另一个时空里，别人的事情。

1

上海仍是那个上海。

熟悉的街道像一只巨大的手包裹着无数蜷成一条的黄叶子，法国梧桐在街边寂寥地站成一排，彼此孤独，心照不宣。

没有人来接她。苏拂晓摸着黑走到街的尽头，叩响了苏宅的大门。

过了很久，老保姆才哆哆嗦嗦地出来开门，她老眼昏花，透着不安和惊恐："谁啊，谁啊？"老保姆的声音较之前苍老了不少。

"是吾。"苏拂晓说到一半，老保姆就激动地抱住她："迟暮啊，哦哟，侬总算回来了。"

苏拂晓一僵，从老保姆的怀中挣脱出来："孃孃，吾是拂晓。"

老保姆也是一愣，松开手对着苏拂晓仔细瞧很久，才说："拂晓，侬可算是回来了。侬伐在额辰光，迟暮自己跑出去寻严少爷了，阿拉寻伐到伊，急都急死了啊。太太都生毛病了。"

苏拂晓听着这些变故，脑子空白，不知道应该做何反应。

苏母连生病都有一种抹不去的威严，脸色苍白闭着双眼，唇却还是绷紧的。苏拂晓站在门边静静地望着，想了半天还是决定不要上前喊醒她。她们之间从不亲近，此刻却有一种相谐的安宁。看久了她就要走，刚转过身就听见床上的苏母说道："拂晓，侬回来了啊。"

苏拂晓肩膀一抖，稳了许久才"嗯"了一声。

苏母又问她："夜饭且过伐（晚饭吃过了吗）？"

"还没。"苏拂晓的声音很哑，像是很久都没有讲过话。说完这两个字她匆忙转过去，不敢看坐起身来的苏母，想了想觉得没规矩,只好又道:"吾去帮侬端夜饭来。"直到关上身后的门,苏拂晓长长舒了口气,却忽然哭了出来。

2

苏迟暮回来的时候,蟹肥菊黄。境况虽是不好,讲究的地方却还是穷讲究。那日她踏进门时,一家门的女人正在围着桌子吃大闸蟹。桌边坐着苏母和苏拂晓,两人静默不语专心拆蟹,银光闪闪的工具在手里变换着,对着盘中的硬壳怪物一番优雅地敲敲打打。

像是早就知道苏迟暮会回来似的,桌边她的位置上也摆着一套银光锃亮的蟹八件。苏迟暮呆站了一会儿,不知进退。苏母也不说话,只是从大盘子里拿了只螃蟹放进她的盘中。

苏迟暮便懂了。她刚坐下,老保姆便端来浸了花露水的热毛巾给她擦手。

那全程仍是静默无语的,直到她打开蟹盖头,舌尖点到热烫的蟹黄,油亮的汤汁滚进嘴里。苏迟暮不由自主地缩了一下舌头。

苏母望着她,没有表情的脸上忽然露出一丝笑。苏拂晓递给她一碟混了黑糖姜丝醋的酱油。

"伐要空口且,母蟹老寒额(不要干吃,母蟹性很寒)。"苏母开口道。

苏迟暮点头,沾了调料的蟹黄沾满了她的唇齿。黑糖的甜味点亮了蟹肉的鲜气,躺在舌尖得以死而复生。

便是这样,她们在烛光下认真地吃了一晚上的蟹。不聊天地,不谈苍生。

这夜，苏拂晓和苏迟暮面对面睡着。

苏迟暮问："姐姐，侬和妈妈哪能晓得吾今朝回来？"

"伐晓得啊，就想着你总归会回来的吧。"苏拂晓道，"那就摆着碗筷咯，总归有天要回来且额。"她又问，"侬寻到严少爷了伐？"

苏迟暮摇摇头蜷起身子，她瘦了许多，裹在丝绸睡袍里不成人形。苏拂晓不再说话，关了灯搂住苏迟暮，轻轻拍背，像小时候那样哄她。

是夜，有人眼泪连绵不断，也有人梦中呓语。

爱情是什么？

相好过，便是了。

3

苏拂晓有个女儿名唤丽珍。

丽珍长到六岁没有见过父亲，不知"爸爸"为何物。工程师这两年频频写信来要离婚，苏拂晓读罢就烧掉权当没见过。

唯独有一次那信中写道："为什么要困住自己来报复我？"苏拂晓琢磨着这句话有点出神。

弄堂里，丽珍和邻居孩子们的嬉戏声传上来，她想想终究还是没有烧掉这页纸，叠好了扔进抽屉里。

这天家里来了客人。老保姆兴冲冲地准备了好几个菜，苏拂晓也帮忙搭把手，在厨房里忙碌。如今境况不好，金华火腿买不到整只，只能买些碎块。那碎块还有不少馊了的部分，只好用刀刮掉。

苏拂晓专心切着腌肉，时不时捧起来闻一闻，一闻一刮间，原本不大的火腿块眼见着更小了。老保姆这时进来说四小姐带着客人回来了。苏拂晓对着砧板"噢"了一声,注意力仍在火腿肉上。

又过了一会儿，苏拂晓听见丽珍唤她，便回头应了，却看见厨房门口站着的苏丹青。一别经年，各自安好。

丽珍不知从哪里冒出来，一溜烟地窜过那人的身边，来到苏拂晓的跟前，抱着她的腿喊饿。小孩子看见砧板上被切下来的碎肉条，伸手就要拿，被苏拂晓打了手。

"没规矩。"苏拂晓瞪了女儿一眼。丽珍缩了缩，却觉得委屈，嘤嘤着就要开始闹。

苏丹青开口道："到叔叔这里来。有点心吃。"丽珍抬头看向苏拂晓，见她似乎并不反对，便朝他走了过去。

丽珍在苏丹青怀里安静地吃着点心，他抬头微笑看着苏拂晓："原来你有个女儿啊，都这么大了。"

"是啊，五岁了。"苏拂晓抢白说道。

黄昏的暮光透过厨房的窗子打进来，把苏拂晓拥在怀里，逆着光的脸此刻泛着金黄。

苏丹青温柔地问怀里的丽珍："小朋友，你叫什么名字啊？"

"苏丽珍。"

丽珍专心吃着云片糕，口齿不清地念出自己的名字，却感觉拥着她的人明显一滞。她不觉抬头，认真打量那人的脸。

"苏少爷，可算是寻到侬了。"老保姆此时进了来，"去前厅喫茶去。吾都摆好了。"半推半就间，苏丹青被推出了厨房。

丽珍忽然失了那怀抱，嘟起了嘴。

她跑来抱住苏拂晓的大腿："妈妈，你也吃嘛。"她伸手递给苏拂晓云片糕。

苏拂晓嚼着丽珍喂给她的云片糕，听见丽珍道："如果爸爸是这样的，那我可喜欢了呐。可我明明六岁了呀，你为什么跟叔叔说我五岁呐？"

"妈妈不小心说错了。"苏拂晓抱着女儿，眼睛都不眨地说了个谎。

4

腌笃鲜汤头煮好，只差把切好的嫩笋丢进去煮熟。煮笋这件事一定要煮到位，不然笋的口感会不好，吃在喉咙口犹如吞了毛团，痒极了。

苏拂晓煮汤的时候，开着锅盖撇油花，这样煮成的汤仍旧是清冽的，不会过分油腻。所以要煮好腌笃鲜这道菜，最重要的是要有耐心。

不到关火撒上那一小把翠绿葱花，便不算成。

苏拂晓关了火，往汤里撒了最后那一把葱花，端起煮成的汤就要去前厅。被老保姆急急拦下来："三小姐，侬等一等。"老保姆说，"现在不要打扰他们。"见她一本正经地摇头，苏拂晓只好放下锅来。

过了一会儿，苏拂晓趁老保姆不注意，又悄悄走到前厅的门后。

这世上有些事还是不知道的好，就算要知道，也不要亲眼所见。苏丹青拉着苏迟暮，认真地说着什么事情，眼神清亮，像是渴望吃糖的小孩。

苏迟暮背对着苏拂晓,不知她做何表情。苏拂晓却自诩是知道的。三人行,他们不巧都站错了位置,念错了人。

腌笃鲜除了鲜之外偶尔还会多一味。笋煮久了,是会有苦味的。

～ 5 ～

苏拂晓三十好几的时候遇见了少年石隽之。

石隽之十六岁的年纪已经破格进入大学物理系念书。回廊楼阁间,偶尔会和苏拂晓打个照面。

严格说来,石隽之不算是苏拂晓的学生,而是她的责任。

石隽之父母因为成分不好都被遣去远得不知何处的地方改造余生,留下他一人在上海"为非作歹"。石母与苏家是旧交,走前涕泪横流地拜托苏拂晓好好照看唯一的独子。那小子双手插着口袋,不经意间翻了个白眼,被苏拂晓看得一清二楚,心中冷哼一声。然而她又不好拒绝即将远行的朋友,只得心中怨道:平白又多了只讨债鬼,真是太糟糕。

那时苏拂晓已经变成了很世故的女人,早年哀痛的风花雪月已经褪成看不出印记的疤,刻在肉身深处。她和苏迟暮终究还是不同的。她爱过,然后会硬起心肠在人世跋涉。而苏迟暮是繁花倒影,水中捉刀,只有躯壳留在咸涩真实的生活里。

尽管不乐意,但石隽之的到来有个好处,苏拂晓每个月多了些钱粮周转。她那时一个人带着丽珍,还有苏迟暮刚出生的女儿,日子过得磕磕巴巴,好辛苦。为五斗米尚可以折腰,也就是看顾个少年，有什么不会的呐。反正石家的要求不高，只要石隽之有床睡，有饭吃就好。

石隽之虽然是少年英才，却也顽劣。平日里没少与学生掐架，兴致来了亦会和教授论道，以下犯上。虽是大学一年级，却早已声名在外。这也是让苏拂晓颇为尴尬的地方。作为监护人总要替他收拾这些烂摊子，成天对着自己熟悉的同事旧友赔不是。

老师中唯独有一位罗教授，从未告过石隽之的状。罗教授早年去西洋留学，思想开放，不觉得与学生争论为耻，对石隽之的狂放甚至还颇为鼓励，让这位少年很是买账。久之，便成了忘年交。

石隽之常把罗教授的好挂在嘴边。苏拂晓却不以为意，经常回个白眼表示自己有听到。此时少年就会十分不满，拉长了一张脸。苏拂晓又觉得好笑，乐得弯了眉眼，心想他到底还是个小孩子。

如此往复。

直到有天，对面的少年像是看到了流星一样，满脸惊叹："苏老师，我第一次发现，原来你笑起来这么好看。"他看着拂晓的脸，万分认真地说。

6

最近日子过得十分艰难。石隽之的生活费已经好久都没有寄到。苏迟暮又跑去南方，不知归期。苏拂晓总想着应该给石隽之的父母发个电报问一问钱的事情，可等到真发了，却又觉得不妥当，随即撤了回来。

家中算上自己，一共四个人。每日要吃饭穿衣，真叫她忧愁。要养活这群人，苏拂晓只好下了班再做份工——在学校的图书馆整理资料，誊抄文献。

石隽之还算是有良心，懵懂地知道苏拂晓这般卖命赚钱多少与自己有关，每日主动来给她送饭。

可他却也有几分古怪。苏拂晓吃完饭便赶着石隽之回家，少年却赖在图书馆写作业看闲书，直至闭馆才和苏拂晓一起离开。

苏拂晓有次问石隽之："你不是天才吗，天才泡什么图书馆？"

石隽之道："才不是我泡图书馆，是图书馆泡我。每次我一来，她就不让我走。"

苏拂晓边揪着眉头边笑："这种流氓话哪里学来的，在外面千万不要乱说。"石隽之褪下防备和叛逆，是纯真的少年。苏拂晓看着他，便记起一去不返的青春。她还是个孩子时，就已经学会掩藏自己的情绪和愿望。她这辈子从来没有纯真过，以为这样就可以安稳地度过，到头来却要羡慕别人的纯真。

一日，苏拂晓在图书馆的深处擦着灰。那时天已晚，偌大的阅览室空荡荡。隔着几排书架，苏拂晓听见女人们的说话声："吾明明记得是在这一排翻到额，怎么就没有了呐？"

"哎，被侬讲得来天上有，地下无。弄得来吾心也痒死忒了，结果寻伐到了。"

"寻伐到算了，看到了又不能做出来穿，自寻烦恼！"

"吾忒侬讲，等一下看到了，保证侬欢喜。这条裙子的图样哦，真的是外头没看到过。阿拉要么去问问那个图书管理员？"苏拂晓心知她们说的是前几日被收起来的服装书，刚想开口回答，却又听到女人们隐秘的笑声："那个图书管理员，你们有没有看到过一直跟着她的那个男学生。这个苏老师花头劲也是老多额。"女人压低了声音，满足地谈论着。

"吾听说,伊额小囡也不是和她老公生的。伊拉老公各些年数都伐回来,估计在外面应该也有别额女人了伐。"苏拂晓隐在书架后面,平静地听着她们议论自己。女人们又调笑了一阵,终究还是没有找到书,悻悻离开。她又躲了一阵,确定没有人了才从书架后面走出来。

像一只冬眠刚醒的动物,她忐忑地从书架后面移出来,目光缓缓从地板上升起,打量四周。空无一人的图书馆。她的办公桌上是石隽之叉着的大长腿。少年捧着本书,悠闲地看着。

苏拂晓有些尴尬,心想着不知道他听到多少。转过身假装去关窗户。那窗户开得好高,偏偏她又够不到。正焦灼着,窗边多了只手帮她关上了窗户。

石隽之站在苏拂晓的身后问她:"她们说的都是真的吗?"

"是。"她脱口而出,没有半分犹豫。

"你老公在外面有别的女人?"

"是。"

"丽珍是你和别的男人生的孩子?"

"是。"

然后石隽之就伸手环抱住了她。

十六岁少年的怀抱啊,居然让苏拂晓失了心智。

7

工程师回到上海,多年不见,约了苏拂晓在豫园食小笼包。

他一人吃了三笼。食毕最后一只,扶着桌角呕了起来。苏拂晓虽然皱眉,却还是递上了手绢。

工程师犹豫中包含着渴望,终究还是没有接过来。他摆了摆手,开口说道:"我记得从前,岳母在的时候是很讲究的人。我这番模样,大概从未入过她的眼。"

他用袖口蹭了蹭嘴角,继续讲道:"再好吃的东西,不对胃口又有什么用呐。我们俩其实就是这个道理。可这么多年了,我一直想不通,你既然心里没有我为什么还一直拖着不肯与我离婚。"

苏拂晓听着,不做任何表情。

工程师又说:"后来传言越来越多,我就想明白了。你需要这个名分,才能保护你要保护的人。"他自嘲地一笑,"有时候我想,我们要是真有个女儿,应该不如丽珍长得好看。"

然后工程师突然跪了下来,脸上满是哀痛:"拂晓,算我求你了,我们离婚吧。有个人我毁了她一辈子,现在她快要死了,我想名正言顺地和她在一起。你要保护的事情,我到死都会替你守住的。"他坚定地说,"但是我求求你,放了我吧。"

苏拂晓想了一会儿,终于点了头。她觉得自己好像做错了一件事。

两人最后一次见面,分手的时候,苏拂晓送工程师去坐公交车,等车的时候两人默默无言。车来了,工程师跳了上去,飞快地扭过头对苏拂晓讲:"苏拂晓,吾当年也是真心真意欢喜过侬。侬一定要记得啊。"

车门"咔"的一声匆匆关上,绝尘而去。苏拂晓一个人站在原地看着滚滚而去的公交车。

十几年的光阴从她身上褪下来,抬脚跟着走了。她轻声回答他:"吾晓得了。"

8

少年鲜美的肉体，苏拂晓沉醉之余也会抽空忏悔。

如果真的有地狱的话，以她的所作所为应该会去那里吧。夜深人静的时候她会给自己点根烟，脑中经常冒出这样的想法。有时候她望着熟睡中的石隽之，又会生出一些怨恨。怨恨他为什么不早点出生，或者自己为什么不晚点出生。

我生君未生，白首不同时。

然后等一根烟毕，一切又恢复如常。她自我总结只是贪恋年轻的肉体，那并不代表什么。她这样对自己说。

可她还是羡慕苏迟暮。苏迟暮和严保罗之间也许天各一方，可他们至少是对等的，彼此相爱；若不是命运弄人，也有相携终老的可能。她却是永远在错误里挣扎，不是错误的人，就是错误的机缘。这种自责和怨恨压着她透不过气来。

和石隽之在一起像是拿玻璃罐子里的糖吃，甜是不假，却也眼看着糖一颗颗变少，直到罐子空掉。

9

分别的那天终将到来，如她料想。

石家在很长的一段时间里失去联络，石母意外过世，石父失踪，重新取得联系的时候，便也到了石隽之离开的这天。

这日石隽之要离开上海，转学去石父所在的城市。临别的午餐，苏拂晓给石隽之煮了一碗罗汉素面。素面端上桌，石隽之夹了一口，大喊好吃。然后就埋头吃面，再无多话。这碗面他吃得胆战心惊，口中苦涩。他生怕苏拂晓看见自己不小心掉进碗里的眼泪，又被离别弄得不知所措，又惊又痛。

煮汤头的时候，苏拂晓低头搅着锅中的素菜。忽然有一阵伤心涌了上来，化成眼泪一起流进了锅里的汤头。明明只是贪恋的肉体啊，为什么这么心痛。苏拂晓捂着脑袋透不过气来。

石隽之吃完面勉强装出镇定的样子，刚想再夸奖几句，就听见苏拂晓说："时间不早了，出发吧。我就不送你了。"他一下愣住了，没料到一切来得这么快，然后眼看着苏拂晓把自己推到门口，就要关上门。

石隽之伸手挡住就要合上的门，重新走了进去。

像第一次的时候那样，他伸手抱住苏拂晓。两年的时间，他已经比苏拂晓高出一个头，胸膛厚实。

苏拂晓肆无忌惮地哭了出来。

最后一次，他们的角色是倒置的，苏拂晓是个小孩，而石隽之是大人。他温柔地摸着她的头发，轻声安慰她。

"为什么你就不能早出生二十年，为什么你就不能离我远一点。"苏拂晓平生第一次也是最后一次，哭得汹涌，"我一直以为，我只是……我只是……"

"对不起。"石隽之反反复复，嘴边只有这一句话。

他们就这样站着，抱在一起，妄想凝固时间。

他最后在她耳边说："我爱你。"然后她听到他沉重的脚步声，和最后那一记门扣上的声音。

苏拂晓静静地立在厨房里，不再发出任何声响。暮色的薄光打到她身上，是烟灰色的披纱。她知道，她的一生已经结束了。

10

她很少再想起他。也许是因为他们之间永远隔着那么多年,他风华正茂时,她已经人老珠黄。

曾经的少年终将长成硬朗帅气的男人;而她却是过了时节的花,一路衰败下去,不复当年。

少年不是没有回来过,她却总是避而不见。后来时间久了,那次分别就真的成了永别。

余生里,她收拾好了心情,努力当她的精怪老太太,对待后辈的红尘缭乱,绝不心慈手软。

要多么冷酷的麻醉,才能让她忘记一切,不至于在深夜里失声痛哭。

第六章

拂花

自由是什么
是母亲不惜抛弃她都要守住的东西
是这世上最大的不自由

盛夏的爪哇是黏腻的灾难。岛上的人们时时刻刻身处灾难之中，这当然也包括她。此刻，她穿着长拖尾的丝绸洋装，被这午后的热气熏得有点发晕。她斜躺在榻上，像一片墨绿的芭蕉，手上的祖母绿戒指闪着隽永的光芒，指头尖染成深酒红色衬得手白如玉，耳畔两粒鸽子蛋大小的南洋金珠酌亮了两颊的梨涡。她被拥在深绿色的植物里有些慵懒，被热带的潮湿气候拨弄得神思发散，听见身边的英国领事夫人喊她叫作"WanWan"。这名字一时间让她很陌生，丢了魂灵头，不知道自己身在何方。

苏婉本不叫苏婉。很多年以前，她叫作拂花。

1

药婆鲁汤氏的铺子在甘蓝街的尽头，门口的红灯笼在漆黑的夜晚怎么看都有些渗人。

与能医百病的郎中不同，药婆只医女人。

小时候路过这寂寥的小铺子，乳娘还会用手挡住拂花的眼睛催着她匆匆走过，从不多做停留。街上慈祥的老人们闲聊时会突然凶恶地说，这种地方哪是正经女人能去的。

可谁曾想她也有踏足这里的一天。苏婉，哦不，少女拂花，此刻正站在药婆铺子的门口，抬头望着那盏在风里摇摇欲坠的红灯笼。

这天极冷，冷到她一生都不曾忘记那一刻的寒意。

她不记得自己站了多久，紧闭的木门才在眼前打开，露出药婆的半张脸和低垂眼帘。拂花迟疑了一小下，终究还是踏了进去。那铺子的里面和外面截然不同，透着让人放松的干爽暖意。

鲁汤氏是个极为和蔼的女人，白净冷清，眼睛里透着经过事的熟稔，并不多问什么就起身去了后面。

不多时，拂花面前摆了一碗乌黑油亮的汤汁。

鲁汤氏的眼神在拂花身上的红嫁衣上略有停留，那上好的绸缎在跳耀的烛火下闪着温柔的光，牡丹大朵开在她身上。少女的面孔白净透着粉意，是未开的莲花。

"不再想想吗？"鲁汤氏幽幽地吐出这样一句话，心中赞叹那真是极美的一件嫁衣。会做这样嫁衣娶亲的人，怕是不差。

拂花正定睛望着那碗药汁出神，魂魄飘在云端，被这句话截了胡，抬头迷茫地望向对面的人。鲁汤氏并没有探究的意味，脸上又浮起一种惋惜的神情："子孙是福报啊。"她一字一句地说。

拂花却没有听懂这句话，只顾着一狠心，端起那只碗一饮而尽。

很多年以后，爪哇岛南端的某个湿热的午后，苏婉与一群形色各异的女人说起这桩往事。美国来的吉拉特小姐闻之为她倾倒。吉拉特小姐说苏婉是本世纪女性的楷模，婚姻之前已经宣誓了生育权利的归属。

"哦，亲爱的，你长大以后会发现万事留有回旋的余地才是聪明的做法。"苏婉替吉拉特小姐又斟了杯茶，截住了这个要开始发表女权演讲的金发姑娘。

那日热带的茶会仍在继续，苏婉却再也听不见任何一句话。

黑暗中，她只看见一个穿着火红嫁衣的小姑娘在药婆的铺子里饮下一碗乌黑油亮的绝子汤。她的红裙下开出黑色的花，绵延向四面八方。

周围夜色深深，万籁俱静，没有一丝人气。

苏婉如今四十五岁，腰肢依旧纤细如少女，不堪盈盈一握。拨开时间的雾，她回到遥远的黑夜里，看见少女拂花要被嫁给一个素未谋面的老男人。那姑娘明明害怕得瑟瑟发抖，可心底却硬气，挺直腰杆铆足了劲要向一切复仇。

2

可是和她设想的样子有着天地之差。这个和她一样穿着大红喜服的男人，并不是一个半截入土的糟老头。他身岸挺拔，眸光流转，儒雅浅笑，正值盛年。

苏白衣和那些留着辫子的人不同，他的头发很短，浑身上下有一种茂盛的新鲜感："你叫什么名字？"他微笑着看向她。

"拂花。"她回看他，那人凤眼狭长，目光流转。纤长的手指握着狼毫笔在洒金的红纸上写下她的名字。

拂花此刻盛装跪在金丝软垫上,偷偷揉了揉酸痛的膝盖,觉得那张英俊脸庞上的微笑有点冷冽。作为妾室,她没有资格和他平起平坐。她分明觉得这是不妥的,望着红纸上的字,心中却又升起异样的感觉。

名字果然是最简短的咒语。

子时已过,桌上的合卺酒仍在。苏白衣却不知去向。

拂花一个人合衣坐在床边看着红烛跳跃。她扯下盖头,拔去沉甸甸的金钗,松开发髻,回味着他消失前说的话。

"安分守己。"他俯身捏起她的下巴说道。扔给她那张写着她名字的金纸,像是皇帝意兴阑珊的赏赐。在他看来,这张纸与她是有多面目可憎。

苏白衣并不想娶她。这是那晚拂花唯一确定的事情。这让她着实松了口气,又生出一些懊恼。想来鲁汤氏那碗绝子汤,自己实在是多此一举。

她一口气喝掉了两杯合卺酒,独自盘算着,脱了喜服上床睡去。

～ 3 ～

富贵人家,礼仪烦琐。

第二天清晨拂花睡得半醒,已经被一众佣人们簇拥着梳洗打扮,情形更胜昨天。

篦头穿衣一路折腾,她仍旧困着,已然被人牵进厅里跪在两张太师椅前,只好把头垂得很低掩饰睡意。

不多时,听见衣料摩擦着地面的窸窣声,想着是有人走近。

拂花勉强睁开一条缝瞥见两盏茶端到她的面前，端茶的中年仆妇弓着身轻声请她给老夫人、夫人敬茶。

拂花稳了稳宽袍大袖里微微发颤的手，定了心神端起茶盏，迎向苏家的一家之主——苏白衣的母亲苏何氏。苏何氏在本地极有名望，在丈夫死后持家十五年，内外兼理。

苏家的丝绸厂、绣坊、药铺和其他七七八八的产业在她丈夫死时，曾被预言撑不过三个月。人人都等着看她的惨淡收场，叔伯们站得远远的，等着她败下来，再不费吹灰之力地蚕食家业。遗憾的是他们翘首以盼的这日并没有到来。那些家业非但没有衰败下去，反而愈发兴旺发达起来。

苏老夫人如今把家业交给学成归来的儿子苏白衣，讨得清闲。她保养得体，虽然上了年纪，满头乌发仍旧油光水滑，纹丝不乱地盘成发髻绾在脑后。豆沙青的上好绸缎裁成修身的裙褂，剔透的翡翠长耳坠勾着金丝垂在耳边。她眉目皆淡，没有多余的表情。

苏老夫人接过拂花递上的茶，轻啜一口搁到桌上，便没有再多动作。

拂花跟着仆妇的示意，又端起另一盏茶转向另一边——正牌的苏家太太谢鸢蓝。想来继母把自己嫁给苏家做妾的这桩盘算是极好的。

拂花跪在此处向另一个陌生女人磕头敬茶的时候，才明白这一切背后的险恶用意。妾与继室，是她一直厌弃的两种身份。如今她被摆放在自己最不齿的位置，又失去了最在意的自由。

像她这样的小姑娘为什么要在意自由呐？

苏婉站在时空的另一头,透过黑暗看见跪在青石砖上别扭的拂花。她想起了自己的母亲,那个乌发散乱、在大雪天拎着大皮箱出逃的女人。那个女人冰凉的手指捧着拂花的脸,她说:"你终有一天会懂得。那时你会同情我,而不是像现在这样怨恨我。"

自由是什么?是母亲不惜抛弃她都要守住的东西,是这世上最大的不自由。

4

"你叫什么名字?"头顶心传来苏太太的声音。

"拂花。"

"真是个好名字。"那声音清冷惋惜地说。

苏白衣和他的正妻是一对璧人。可惜这对璧人没有子嗣。这便给了苏老夫人不惜花重金从拂花的继母手中"买"她这位正牌小姐来做妾室的理由。

苏白衣有个女儿,出自上一任苏太太,父母之命的困顿姻缘。那位不受宠的正妻早早过世后,苏白衣得以娶了现在的苏太太——谢鸢蓝。谢鸢蓝与苏白衣是同学,名门高庭的庶出女儿,是受过野蛮人教育的新女性。新女性苦熬多年终于名正言顺嫁给心爱之人。

然而名正言顺后,新女性也穿上了旧式大家庭的衣服,活成了旧式家庭的怨人。旧式家庭的规矩是,没有子嗣便是不孝。

"听说洋人好穿极少的布料泡海水,影响不小。"家中用了多年的老中医这样对苏老太太说。

老太太闻言不发一语,吩咐仆妇取了多几倍的赏钱送了大夫出去,又把儿媳妇叫进房中长谈一番。

拂花跪在这偌大的厅堂,仰面看见的谢鸢蓝仍旧是美的,清秀的额头上趴着一丝忧愁。拂花于是便了然了,自己便是谢鸢蓝的那丝忧愁。

谢鸢蓝的爱情岌岌可危。即使是廊前月下,她抱着苏白衣的臂膀心安气舒的那一刻,拂花仍旧在她脸上看到了那缕微不可寻的凝重。

因为没有孩子,谢鸢蓝看待嫡出的苏小姐心境有些复杂。亲近不起来,厌烦不可取,只好尽量避而不见。

小孩子哪里懂得大人心理的复杂,对不喜和厌烦却有近乎本能的敏感。几年下来,便也觉得谢鸢蓝是不喜欢自己的,要离她远些。

小姑娘五岁的光景,梳着两条蜈蚣辫穿着粉色的绸卦,其实是极可爱的。至少拂花是这样觉得。她一个人孤单坐在亭子里玩兔子灯的模样,对拂花来说完全是自己的翻版——一个被抛弃的孩子应该具备的所有样子。

"你叫什么名字?"拂花蹲着和她说话的时候,不自觉眼睛笑成了月牙。苏小姐并不答她,仍旧自己玩着兔子灯,只是腾出一只手从怀里掏出只蜜饯罐递到拂花面前。

拂花也不客气,接过来坐在一旁吃了起来。她把桃脯撕成小瓣儿,摊在手心上,一块一块拈起来吃。苏小姐也伸过手来要,拂花笑呵呵地捧给她。

苏白衣和苏老太太远远地看见这一幕。苏老太太仍旧是声色不动,不着痕迹地看了一眼儿子。苏白衣一如往常笑如春风,并不与母亲的目光相触,嘴角挂着一丝无人读懂的讥诮。直到夜幕昏沉,亭子里空无一人的时候,苏白衣在一个人发着呆的拂花面前坐下。

"我说过,安分守己。"他微笑着在她耳边轻声说。

"我记得。"她仿佛是一秒也不愿在他面前多待,他坐下的一瞬间,她竟像只兔子一样跳脱出来,抬脚就要走开。

她轻慢他,这倒让他觉得有趣了。

"你的女儿……"她走到一半,突然回过头来,"她很孤单。"

苏白衣闻言微微一愣,咀嚼着她的真假。

长亭曲回,那日夜有薄雾,潮气中尽是她固执又柔软的味道。

5

苏老太太的房间布置得极为古朴,却也有些新鲜玩意儿。

拂花生平第一次见到留声机其实是在她的屋里。

很多年后在三宝垄的一次商业展览会上,有位拉杰普特商人卖力向苏婉推销他的留声机,拍着胸脯骄傲地吹嘘。

苏婉只是轻轻一笑,说:"很多年前,我丈夫的母亲便有这玩物了。"

"美丽的夫人,您这是在说笑了。"商人微卷的小胡子一颤一颤,用手拍着胸口的宝石,气不打一处来。

"那时候,它像衣柜一样大。"苏婉展出笑容调侃道。

"您真会说笑话。"商人全然以为这是个玩笑,继续洋洋得意起来。

那年午后的慵懒光景，拂花立在苏老夫人的房中，目光被一个巨大的木柜吸引。

"这是宫里流出来的物件。"拂花正好奇地打量，背后传来苏老夫人的声音，赶紧低下头。

"上去摸摸。洋人用它来奏曲子。"苏老夫人在主座上坐定，拂花仍旧在原地不动。

"我看你和卿卿倒是很合得来。"拂花眼睫一颤，意识到她在说苏白衣的女儿，"她一直缺少一个母亲来照顾。"苏老夫人递给拂花一个雕工精美的梨花木盒子。

"当然，作为女人来说，最重要的还是要有自己的孩子。你知道，把你带来这个家里是为了什么。"

拂花并不回答，为自己也为卿卿感到难过。

身为女人的选择那么少，被周遭和自己抛弃。苏老夫人给她的是一副价值千金的乌木镯，镶了最好的缅甸鸽血红。

在她看来，那和镣铐无异。

6

书房被明黄的烛火照亮，映出人的剪影。

拂花在苏白衣的书房门前站定，盯着那剪影看了好一会儿。

屋内，苏白衣坐在书桌前，对着书柜的方向嘴唇上下启合。书柜的阴影里，另一个西装革履的男人屏息站着，与他无声对话。

"逍，先生会在岛上休整一阵子，避避风头。"苏白衣用唇语说道。

"放心。"被叫作逍的男人无声回答。他的肤色黝黑，双目如炬。

正说着，门忽然被人推开。拂花散着长发，穿着一身樱粉色的绸缎睡裙，光着脚立在门口。逍躲在暗处虽然镇定，却还是探究地看向苏白衣，微微皱了眉。

苏白衣早已从逍那里收回目光，扶着额拈起书桌上的梅花杯，装作正要独饮。被这突然的阵仗吓了一跳。

"我来和你做笔交易。"拂花面无表情地开口说道。

苏白衣正想揶揄她，听到这句话更是哑然失笑。

"什么交易？"逍躲在暗处，吃惊地看着苏白衣。他们相识多年，却是第一次看见他这样笑得真实。

拂花径自走上来，在苏白衣的面前站定，伸手夺了他手中的酒一饮而尽，仿佛才得了巨大的勇气开口说道："我有十足的把握让你母亲的愿望落空。你的爱人也不会伤心难过。"

"条件呐？"他开口问道。

"平日你要教我买办经商之事。一切结束后，你要放我走，资助我去大不列颠念书。我为你妾室这件事要守口如瓶，不可再提。"她停顿了一下，舔了舔略干燥的嘴唇，"还有……你若再纳妻室另有子女，也不要冷落卿卿。"

拂花伸手摸了下脸，好像烧起来一样，脑袋也昏昏沉沉的，眼前的家具物什生出手脚来在地毯上跳舞，天旋地转。

"去那么远的地方做什么？"苏白衣抱住摇摇欲坠的少女。

"不关……你……的……事。"她含糊不清地吐出几个字，终于抵不过漫天袭来的黑暗，彻底不省人事。

"你在酒里放了什么？"逍不知什么时候，已经从书柜后出来。

"美人蒙汗药。"苏白衣戏谑。

"心软。"逍已经不知去向，空留余音，"要是从前，你会杀了她。"

苏白衣似笑非笑。秋夜的穿堂风带着凉意扑面而来,他长臂收拢扯出宽袍大袖替她一一挡去。

7

"为什么要去大不列颠这么远的地方?"

"找人。"

"谁?"

往往这种时候,拂花便不再回答,执拗地把头偏向一边结束这类对话。苏白衣也不再追问。

大多数时候,他们配合得极好。苏白衣做着一些不可为人知的奇怪事情,苏老夫人和谢鸢蓝全然不知。拂花是他的配饰,是遮蔽一切秘密的幌子。

她常跟着他住在上海。外人看来,她是他金屋藏娇的小夫人,而他是个骄奢淫逸的富商,不屑人间疾苦。她不知道他给自己穿上这样的外衣究竟是为了掩饰什么。事实上他完全是另一种人。他时而精明,经商眼光独到,下手狠准;时而深沉苦闷,心头有重石,担忧着巨大的命运。有时他们去南洋,在雨林的深处见一些奇怪的人。那些人和苏白衣一样剪去了辫子,总是情绪热烈地讨论着一些她听不太懂的事情。

如今生意上的事情她懂得不少。苏白衣是个守信用的人,教她的皆是真才实学,并无欺瞒。

"你怎么那么喜欢赚钱的事情?"深夜她埋头研究账本,眉头紧锁的时候,苏白衣忍住笑意问她。

"以后好养活自己。"

"难道这里会饿死你吗？"他不屑。

"我们这笔买卖散伙之后，我得能活下去啊。"她回答得干脆利落，真心诚意。他却被这天真的语气拖入了沉默。

8

她常常想，如果那日在三宝垄的码头，拂花没有看见那张脸，那后来的苏婉会经历怎样的生活。如果没有看见那张脸，也许拂花就去了欧洲。也许她现在生活在大不列颠，在纺纱厂里做着苦工，是个形容枯槁的痨病鬼。她跟苏白衣学的那些买卖本事根本就派不上用场。

拂花也许永远就只是拂花，不是苏婉。

那日艳阳高照，他们从雨林出来路过三宝垄的码头。"圣日"临近，码头附近是极热闹的。熙熙攘攘的小贩们挑着水果、小食向行人兜售。旅客和送行的人也不少，整条街几乎水泄不通。

拂花坐在车里，漫无目的地看向车外，直到一个小孩手上的风车吸引了她的注意。风车的四角和一般的叠法不同，折成尖尖的钩状。

记忆里，和她那出走的母亲叠的纸风车如出一辙。

拿着风车的孩子皮肤黑黄，头上缠着头巾，脸盘却像华族那样扁平。

他拿着风车小跑着，那风车转了起来。男孩跑向了一个穿洋装的夫人。夫人戴着宽边女帽，遮住了大半张脸。那男孩一头撞进她怀里，夫人惊了一下转过身来，却并不恼，充满爱意地摸着男孩的脸庞。

也就是那个瞬间，逆着的白日里耀目的阳光下，拂花看见了那夫人的脸。

那张她心心念念要去大不列颠寻找的面孔，害怕忘记的面孔，抛弃她的面孔，支撑着她走到今日的面孔，在白日的艳阳下，在泛着海腥味的热气里，毫无征兆地出现在她的面前。

她没有任何他想，飞快地跳下车，奋力拨开人群朝那个女人奔去。她几乎就要喊出口，那陌生又熟悉的称呼。她对这场重逢毫无准备，如鲠在喉，用尽气力绷住自己。

苏白衣被拂花的动作吓了一跳，急忙也跳下车，寸步不离地跟在她身后。他从来没有见过她这般疯魔的模样，心里莫名一颤。

"娘亲。"

拂花的声音像是变了一个人，嘶哑、带着泪意。被人群隔着几步远的苏白衣闻言，陡然一惊。可那夫人并没有听见。一个皮肤黝黑的男人不知从哪里冒了出来，一手牵着她，一手牵着玩风车的男孩，转身有说有笑地向停泊的巨轮走去。

"娘亲。"拂花哭了出来，惊到了周围的人。

那夫人回过头来。她看到拂花，眼中闪过一些陌生，然后是混合了惊讶、无措、伤心的雾气。她的肩微微地颤抖，不自觉捂住了嘴。

她认得自己，拂花几乎就要破涕为笑，奋力拨开挡在前面的人想要靠得更近一些。可是突然，那夫人毫无预兆地转过身，拉着男孩和男人急急地走。

拂花看她这般匆匆要离开，简直要疯了一样地向前扑去。她原本挽着的长发散乱开，衣裙上的珍珠断了线，散落一地；她好像扭到了脚，却还是一瘸一拐地向前扑去。周遭的人好像明白了究竟，渐渐让出些路来。

拂花奋力地向母亲的方向走着，母亲却始终背对着她，直到退无可退。此时苏白衣追了上来，离拂花大约两步的距离，那位夫人终于转过身来，他听见她对拂花说："小姐，你认错人了。"她的红唇嗫嚅，念出这世上最残忍的话。她的脸上分明有眼泪滚落，她的心却冷酷无情。

拂花立在原地，望着几步之隔的母亲，呆呆地吐出一句话："是我啊。你不认识我了吗？"她不受控制地啜泣起来，"你不要我了吗？"她抬眼直视那个人，反反复复地问她这句话。

"你为什么不要我？"苏白衣听到拂花口齿不清地发问，胸中一片钝痛。

她像一只苦苦哀求的笨拙幼兽，他在一旁目睹她徒劳的企图。被抛弃的命运时隔多年又一次碾压过她，体无完肤。

那深色皮肤的男人和小孩显然听不懂官话，疑惑地看向拂花的母亲。她强颜欢笑地拉着他们向大船走去。

"认错人了。"她用不知名的岛语自言自语地说道。小男孩牵着母亲的手，仍不时回头看向拂花。

"妈妈，她和你好像。"小男孩仰头对母亲说道。

女人猛然一颤，脸上滑落仓皇的泪水，抓紧小孩的手压低了头拼命向前走去。

9

人群渐渐回拢,刚才的喧闹仿佛只是一个小小插曲。

苏白衣走到拂花面前,蹲下来握住她的双手。

一直以来,她是不同的。目标清晰、行动敏捷。她世故又天真,自私又无私,无情又多情。她表面冷酷无情,对在意的人和事却都没有防备。她的灵魂有两面,一面生着薄茧,一面是幼猫的肉垫,柔软滑嫩。

直到现在,他终于明白这一切的矛盾为什么出现在她身上。

她的长发散乱,衣裙上的珍珠散落着,腿上大片的淤青,被划伤的纤细血痕结了层薄痂,衣裙上断线的珍珠。她光着两只脚,鞋早已不知所踪。

不知道要如何安慰她,只好把她紧紧抱在怀中。

"为什么不要我?"她把脸埋在他的胸口,凄惶地问出这句话,晕了过去。

是夜,拂花躺在床上睁着一双眼睛,目光虚无。

她的额头很烫,两颊发红。城中的西医大夫们来了好几拨,却并不见起色。苏白衣不时摸一摸她的额头,眉头凝重。

直到午夜,拂花的爪哇侍女诗蒂瓦请来了村寨里的巫医。

苏白衣原本是不愿意的。妖邪之道,不足为信。

可那巫医进屋看了一眼拂花,用爪哇话说道:"这位夫人的灵魂此刻漂在海上,追寻她的母亲。"

苏白衣闻言眼神凌厉地看了一眼诗蒂瓦。那姑娘赶忙指着自己摇手,用生硬的官话说道:"我什么都没有讲。"

巫医又说:"没有时间了,让我带她回来。她的一生不能在这里结束。"

说罢,他朝苏白衣行了一礼,未得他的同意就关上了门。

没有人知道那晚确切发生了什么。

可拂花却活了下来。

第二天日月交辉之时,巫医从门里出来。他虚弱无力地依靠着门,脸色苍白如纸,好像大病了一场。

苏白衣准备了重金答谢,却被他一一拒绝。

巫医离开前,对苏白衣说:"她的上一段因缘已经结束,你要给她起一个新的名字。"

"我给她起一个新名字?"苏白衣问道。

"你们是彼此的星星。"巫医的眼睛像盲了一般,茫然地看向远方,"尽管你会早于她陨落。"

10

拂花大病一场之后有了一个新名字,叫做苏婉。她好像恢复如初,不再苦恼。每日该做的事情一样不少。依旧打理着生意,陪苏白衣参加丛林里的秘密集会,替他传递隐秘的消息。不多话,不多问,平静可人。她待人接物越发明起来,却是冷清客气。

苏白衣却还是觉得她变了,变得没有生气,一切平常之下是深不见底的冷漠疏离。她身上扑朔迷离的厌世感,让他心焦。

他很想多花些时间陪伴她,可是局势越发紧张起来,一切变得更加诡谲不测。所以当一切迫在眉睫的时候,他的第一个念头,是把她送走。

临别前夜,他把她叫来书房:"我们之间的约定已经完成。我答应你的事情都会做到。"苏白衣拿出早就准备好的船票和证件交到拂花手里,"去大不列颠吧,保证你衣食无忧。"苏白衣佯装轻松地说道。

拂花也不接话,默不作声地接过那些支票钱票。苏白衣望着凉薄的拂花,心底突然涌出一瞬间的失望,却又不知道自己在期待些什么。转念又想她经过那些事情,还如从前那般冷静务实,其实他应该欣慰。

那晚他们没有道别,没有只言片语,各自回了房间。

清晨的码头有些寂寥。苏白衣远远地看着拂花登上即将远航的巨轮。

掌心还有她脸颊的温度,这是这些年来,唯一一次在她清醒的时候,他伸手摸她的脸。

"保重。"他在她耳边说,心想着这也许是永别,便不再克制,伸手把她拉进怀中紧紧抱住。她像石头一样僵硬、倔强着不肯屈服,却还是极轻微地动了一下。

拂花立在甲板上,久久看着码头上那个一直没有离开的男人。

"终于,连你也不要我了。"她对那个人说道,嘴唇嚅动却没有任何声音。

海风有点大,她伸手拢了拢风衣的领口,又把手插进口袋里。指尖触到柔软的牛皮纸,她摸到了一个信封。"拂花",是她熟悉的字迹。她忽然感到抗拒,却还是着急拆开来读。

吾妻如晤，

这样称呼你也许不妥。若要日后找我理论，可尽管来。决定送你离开那刻，惊觉以后没有你在身边，怕是今生就此别过。拂花，长久以来我一直以为人只有他自己，直到你出现在我的生命里。

你我本是同类，茕茕孑立于世。

不论我们是以怎样的方式开始，彼此陪伴的恩情不假，你也无须否认。如今时局已至倾乱时刻，留在我身边恐于你不周，也是我应兑现承诺之时。你想去的大不列颠，我已替你安排好一切。你还年轻，一切才刚刚开始，不用顾虑这些年的过往。

休书于你怕是无用，这世上怎么会有傻瓜想要抛弃如你一般的爱人。即使早于你陨落，我也想用燃烧了一颗星星的能量来与你重逢。

珍重。

船已经开动了，发出沉闷的低鸣。苏白衣终于收回目光，转过身走向停在一旁的汽车。他刚走没几步远，身后突然有一阵不小的骚乱。

"有个女人从甲板上跳海了。"不知出处的声音激动地嚷嚷着。

苏白衣闻言猛然回过身抓起一旁议论的人："你说什么？"

"刚才有个年轻女人从甲板上跳进海里了。"卖椰青的小贩被吓了一跳，语无伦次地回答。他的话还没有说完，苏白衣已经疯了似的向码头边跑去。

拂花不会游水，幸好离岸边极近，很快被拉上岸来。她再次看见苏白衣的时候，那人正凶恶地盯着她。

"你是疯了吗?"他把她拉进怀里,狠狠抱住浑身滴水的她,"为什么要回来!"

"你才疯了呐。只有你这样的疯子才会不要我。"

第七章

你是我的秘密

如今已是三生有幸

拥有才会怕失去

结果就真的失去了

1

苏白衣醒来的时候，拂花正趴在他的胸口。暗红色的长发散开得无法无天，铺满了象牙色的绸缎床单。拂花发色天生异于常人，深褐中带点红，苏白衣常以此取笑她来路诡异，恐是蛮夷血统。

"那你还不是成了蛮夷的女婿，住在这蛮荒之地。"拂花拿着梳子篦那一头长发的时候，会不紧不慢地吐出这样一句话。

苏白衣撑着脑袋，斜靠在榻上看她梳头，在镜子里捕捉她拼命忍住的笑意。他的拂花啊，一张小利嘴和闪闪发光的天真内核，光凭这两样东西就让他寸步难行。

自从她回他的身边，已经过去九年。九年的时光弹指一跃，他想起那日的画面仍会忍不住心悸，抬手抱紧怀中熟睡的人。那天苏白衣原本要送拂花去欧洲避祸，在巨轮起航的最后一刻，她发现了他设计好的一切，孤注一掷地跳进了海里游回他身边。

苏白衣常常想，这些事不能用任何理性的方式来解读，不能用经典教义来分析。

倘若那时差了一分一毫,那就错过一生一世。

中国人把这种"比钟还准"的分毫,叫作缘分。

这世上的分分合合都是缘分。

2

这些年来,拂花仍旧是少女模样。她本不是甜美的,孤傲疏离,连讨好里都包藏着遗世独立的祸心,此刻却在他怀中睡得像一只小猫,不着寸缕与他肌肤紧贴。手掌拂过她细滑的后背,熟络地停在腰间的红痣上反复揉搓。拂花似对他的叨扰多有不满,轻哼了一声,闭着眼作势要转过身去。苏白衣压住喉间的笑意,不甘心地继续拨弄。

拂花睡得正酣,美梦被扰了去,自是不高兴的。梦里她的腰被一双手箍得紧紧的,几乎不能呼吸。她闭着眼睛笑了一下,在一片白光中睁开蒙眬双眼。腰间是苏白衣的手,梦境和现实渐渐叠二为一。苏白衣见她是真醒了,扣着她的腰往自己又靠近了些。

"做什么,一大早的。"逆着白日里的光,她的脸上有层薄薄的粉意。

"不要吵。"他一边说着一边吻了下来,从唇瓣一路向下,舔过脖颈,直至锁骨。

"我有时想,如果我们有个孩子,要像你多些才好。"苏白衣说。拂花闻言,微微抖了一下,不自觉地蜷起身子。感觉到她的异样,苏白衣抚上她的背脊,宽慰似的轻轻拍了几下。

"如今已是三生有幸。"他的目光澄澈,言语真诚。

拂花望着那双真诚眼睛,突然觉得,也许自己应该把那个深埋的秘密说出来。

多年来,像隐疾一样折磨着她的那碗黑色药汁。那个寒冷的夜晚,她的大红嫁衣开出暗色的花,蔓延到不知何处的远方。

她张了张嘴,想着该怎样开口,门外突然传来一个声音。

"老爷,有客人。"

"请他换个时间再来吧。"苏白衣蹙了蹙眉,有些不悦。

"可是……可是,她自称是您的妻子。"贴身的爪哇仆人用官话回答道。他原本就有些滑稽的口音配合着这句话的内容,有种说不出的荒唐。

3

不光是拂花,谢鸢蓝这些年也跟吃了防腐剂一样,未见分毫的衰老。

谢鸢蓝穿着一身宝蓝色的绸缎洋装,宽檐帽斜扫下来露出半片红唇。

她眉间里的愁苦不似从前,浑身上下只有平淡的气息。

拂花躲在走廊的侧面远远看着苏白衣和谢鸢蓝两人保持一尺的距离交谈,觉得那平淡之下藏着噎住了的气,漂洋过海来到她跟前,是锋利的刀剑,要找她来报仇的。

谢夫人是大家闺秀出身,对待下人亲切有礼。

她这般得体又顶着夫人的头衔,很快就赢得了不少仆从的好感,换了女主人的面孔与拂花平起平坐起来。

这桩事很快也成了岛上的热闻。爱妻狂人苏老爷原来不只有一位妻子,和其他三妻四妾的男人们一样不牢靠,不知让多少女人失望至极。

拂花一夕之间也从岛上最受人羡慕的女人，成了最令人同情的小妻子。不止如此，两位夫人平分秋色的传闻也不绝于耳，尽管苏白衣从未和谢鸢蓝一同出现过。

谢鸢蓝会说一口流利的法文，也略通荷兰话，单独出席社交场合也游刃有余。如果说拂花是透露着神秘天朝气息的迷雾少女，那谢鸢蓝就是万圣节化了中国妆的洋人贵妇，让岛上的西方人觉得无比亲切。

不同于九年前，当她再次认真审视这个如今有些冷清的女人，忽然生出一些愧疚和不安。从前她不爱，所以不会输；如今她爱了，难免患得患失。拂花长大成了女人，她与谢鸢蓝成了真正的对手。

如果没有她，苏白衣和谢鸢蓝也许会白头吧。

谢鸢蓝前来爪哇并不是为了观光旅游。她原是奉了苏老夫人的命令，来请苏白衣回上海主事。她来时随附了家信一封，薄薄的一页纸，苏白衣读罢沉默不语。

拂花并不了解其中原委，只是看着他匆匆收拾了行囊就要离去。她在一旁看着，明明想问却也不开口，不知被什么奇怪的心思绊住了口舌。

一个不问，另一个也不答。谢鸢蓝眼见，觉得这番景象有些熟悉，像极了从前的自己和他。

苏白衣启程那天，拂花早早去了雨林中躲着，避而不见。谢鸢蓝问苏白衣要不要派人去寻拂花回来，苏白衣摇了摇头。

他望着雨林的方向对管家逐一交代琐事：晚些时候夫人回来

了,要好好侍候她吃饭;晚上她觉轻,要点好熏香驱蚊;采买的孔雀和猩猩要赶紧送来,有趣的新鲜玩意儿才能让她分神。

拂花路过村寨的时候,听见港口巨大轮船发出的低鸣。那声音让她浑身起鸡皮疙瘩,不由在心里组装着这些日子来听到的只言片语:苏家新纳的妾室在上海等着他。

天刚蒙蒙亮,已经盲了眼的巫医在面包树下抽着土烟。

他那没有聚焦的眼神望着拂花微笑,他说:"星星啊,要珍惜你们的时间。"

拂花闻言露出一丝讶异的神色。

"终有一天,他会先于你坠落。不要让秘密占据你们的时光。"

4

眼前场景让苏白衣觉得熟悉又陌生,叫他打量起跟前跪着的女孩。脸盘饱满,肤色幼白,五官洋洋洒洒地平铺。看来选择的时候确实费了一番功夫。

九年前一个漆黑的雪夜里,他也是这样被匆匆召回。

在空无一人的大街上,他看到了一个穿着火红嫁衣的少女,与周遭的一切格格不入。

她像一道光,嫁衣上开出决绝的花,蔓延到四方。

他目送她走进了街尽头的店,店门口的红色灯笼在黑夜里发出诡谲的光。那温暖是道旋涡。

然而各安天命,他在心里对自己这样说。调转马头强迫自己去往相反的方向。

可谁知明天事。第二天在自家满是喜字的大厅里,穿着那身嫁衣的人匍匐在自己身旁,拜完天地拜高堂。

他看见她细白的手被喜娘硬塞进了红绸,微微地发抖。不知怎么的,他的心也跟着抖了一下。

"今朝就办了吧,一切从简。"苏老夫人的声音打断了苏白衣的回忆。他收回思绪,又看了看眼前的人。

年轻的女孩跪在地上,并无半丝忐忑,和当年叫他心悸的拂花,还真是不一样。

苏老夫人说完这句话,旋即离开,并不等苏白衣回答。她仍是这个家的大家长。这是命令,不是商量。苏白衣望着母亲离开的背影,胸口涌起一股滞意,扭头看了看一直在侧的谢鸢蓝。

谢鸢蓝只是站在一旁望着地,全程并无只字片语。苏白衣与她目光交接处,也是不约而同地匆匆别过头。二人心知肚明:越是风轻云淡的样子,越是不知所措。

许是觉得尴尬,谢鸢蓝清了清喉咙说:"我去吩咐管家安排一下。"说罢转身就要离开,却听苏白衣道:"是你给母亲出的主意吗?"

谢鸢蓝闻言浑身一僵,心中升起凉薄之意,周身祥和之气顿时散得无影无踪。

"是又如何?"她声色绝厉,一字一针地顶回去。

~ 5 ~

入夜,谢鸢蓝本想早点休息,无奈白天的凉意仍眷在身上不走,根本不能入睡。她鬼使神差地深入宅子的后庭,那里是为苏白衣和那位新纳的小妾准备的新房。

苏老夫人吸取了上次的教训，此次纳妾，自认为选择了一个万无一失的姑娘。长相朴素，身段却富饶，能够完美地履行生养后代的任务，却又不会迷惑丈夫，整日混迹于南洋的热带森林里。

目不识丁这件事也是优点。

苏老夫人一想到拂花插手在自己的家业里，就有口无法下咽的气。但凡想起，自己当年是怎样鬼迷心窍相信了拂花继母的说辞，苏老夫人就要失去一直引以为傲的冷静。仔细想想，连那个女人自己都千方百计想要撵出家门的人，居然被她收进了家门做了儿子的妾室。

"伐晓得是哪根筋搭错忒了。"苏老夫人常跟儿媳悔过。要说她不恨，那定是假的。

谢鸢蓝回味完这些前史，人已经到了新房的门口。

屋内红烛烧得正旺，却又很安静，没有一丝声响。她觉得有些不对劲，却又说不出究竟是哪里有问题。她走上门口的台阶，径直来到房门前。手附上门，下了很久的决心却怎么都推不下去。

只怪自己太软弱，她懊恼着，转过身拾级而下，却在迈腿的瞬间忽然有了醍醐灌顶的领悟。谢鸢蓝忽然明白了究竟是哪里让自己觉得不对劲，继而近乎迅猛地转过身，毫不迟疑地推开了房门。

屋内，两根朝天的红烛孤单地跳跃着，没有人。那红烛烧得正旺，屋外却看不见人影。

床铺整洁如新，没有一丝皱痕。

谢鸢蓝的眼睛睁得圆圆的，双肩因为激动微微地发抖。她迈开沉重的步子走了出去，不忘轻轻地带上房门。

她知道自己要去往哪里，却害怕得不想前行。但是渴望印证的心思又是那么澎湃，是凶残的浪推着她不停往前走。

6

苏府最偏的小门，平日里是菜贩米商送货出入的地方，品级较低的下人也会使用，而主人是绝对不会去那里的。那扇门小小的，像一张嘴，勉强够两个人进出。谢鸢蓝不出所料地，在那里看见了穿着常服的苏白衣。

她一口气顶在喉头，屏住气把自己藏在假山的暗处。苏白衣的心腹管家和那新纳的妾室一前一后坐进了两顶轿子。苏白衣又叮嘱了几句，谢鸢蓝隔得远听得并不真切，只是零星的只言片语。

她其实用不着听，也知道他念叨的事情。爱一个人很多年，她把自己活成了他，却一直抵抗那个残酷的真相，直到真相响亮地抽她耳光，一下、两下、三下……

而后那两顶轿子就悄无声息地消失在黑暗里，如同从未存在过。

苏白衣在月光下仰起脸，光亮勾勒出他好看的侧颜。这些年来，他们好似并未老去，然而一切却又如此不同，他们之间的一切已经死去。

究竟是哪里出了问题？

谢鸢蓝从假山后面走了出来，步履沉重。

她还记得自己在欧洲的社交舞会上如何对这个男人一见钟情，而他无法抑制的热烈几乎也将她烧成灰烬，现在她却不知道要怎样才能留住他的心。

又或许，她早就失去了他的心。苏白衣幽幽的一声叹息是对这一切的默认。

谢鸢蓝朝苏白衣慢慢走去。

"我一直以为，不论你和她之间发生了什么，我们之间从来没有变过。"一滴清泪滑过谢鸢蓝的脸庞，苏白衣胸口有些滞意。

"可你究竟是先爱上的她，还是先不爱的我？"她拼命压住呜咽，双手狠狠攥住他的衣襟，眼泪打湿他的胸前。

为什么当年同样的事情发生在我身上，你没有为我们争取过一丝一毫？

苏白衣抱住谢鸢蓝，轻轻拍着她的背。她是他最亲的人，他可以给她任何，唯独那样东西，再也没有办法为她奉上。

谢鸢蓝伏在苏白衣身上哭了一阵，终究是当了十几年大户人家的少奶奶，收了眼泪，拍去裙子上的尘土，月光下婷婷一立，仍是端庄的美人。美人朝苏白衣微微一揖，捧着红肿的眼睛，背对着他越走越远。

从此他们再无交集。

7

五岁大的苏门答腊猩猩静静地坐在巨大的铁笼里，缩起手脚把自己裹成一团，脑袋耷拉在双手上，闭着双眼。它金红色的长毛流了一地，在日光的照射下发出夺目的光，那是属于高贵灵长类的美。

自从来到这里,它每天都在冥想。一旁的生果整整齐齐地摞成一堆,已经第四天了,它仍旧什么都没有吃。这世上能有什么事情让万物生灵失去对肉体享受的兴趣?

不久前,一位拉杰普特商人把这只红毛猩猩作为礼物送给了拂花。他把这只猩猩命名为"玛斯塔尼",据说那是拉杰普特历史上倾国倾城的美人。

"它很忧愁。"拂花每日来看玛斯塔尼,发现它不吃不喝铁了心要涅槃。

可那显然不是真正意义上的通透,哀怨刻在它满脸的纹路里,那么分明。玛斯塔尼的悲伤穿过笼子扑向拂花。

这天拉杰普特商人又来了,他看了一眼奄奄一息的玛斯塔尼,提议应该把她带去雨林散散心。

"它也许只是有些思乡病。"他谈论起玛斯塔尼的时候毫不在乎,"低等的畜生而已,能有多复杂。"

拂花闻言皱了皱眉,走到笼子边望着玛斯塔尼。

玛斯塔尼感觉到拂花的到来,闭着的眼皮动了动,艰难地掏出早已僵硬的手脚,一瘸一拐地向拂花走来,隔着栅栏与她对视。玛斯塔尼的逼近让拂花的侍女诗蒂瓦尖叫了一声,却见它并没有进一步的动作,这才松了一口气。一旁的拉杰普特商人早已目瞪口呆。

拂花对周围一切嘈杂恍若未闻。她只被一样东西吸引:在玛斯塔尼眼睛里,她看见了自己的倒影。

8

每日晨昏的时候，拂花都会去雨林的深处走一走。苏白衣离开后，她每天只有身处于密林中才能暂时忘记那个人。

未经开垦的自然充满未知，而未知则代表着危险，当地人这样告诉她。

不知何时那未知就会扑出来把好奇心极盛的人们生吞活剥。

这天拂花接受了商人的建议，一行人带着萎靡不振的玛斯塔尼一同去雨林。

诗蒂瓦也不能理解为什么女主人对雨林如此的钟爱，不惜每天驱车前去散步。

"如果一个人进了雨林迷了路，是不是就有可能死在里面，不被其他人找到？"拂花问这个皮肤黝黑的姑娘。

"会。"姑娘瞪圆了眼睛，她的官话说得仍是勉强。

他们走了很久，直至雨林深处。在那里自然仍保有绝对的权威。植物茂密高大，遮蔽住烈日的光芒。幽暗的光线里，是另一个陌生世界，充满了刺激。

玛斯塔尼被关在在笼子里，由四个健壮的、裸露着上半身爪哇短工抬着，缓慢行进在雨林中。一路上它都像被打了大剂量的麻药一样，一动不动。

直到当他们走到雨林的腹地。

那里四周静谧，日光昏暗，一直沉睡的玛斯塔尼不知何时睁开了眼睛，明显不安起来。它甚至站了起来发出急促尖利的叫嚣，猛烈地撞击着笼子。拂花不得不走到笼子前安抚它。

"嘘。"拂花看着玛斯塔尼的眼睛,温柔地哼哼。玛斯塔尼的胸口剧烈地起伏,眼睛瞪得老大。

虽然有些诡异,一行人还是向前又走了一会儿。直至玛斯塔尼发出划破天际的一声长啸。

密林的深处和迷雾的尽头,一声雄性的嘶吼激荡开来。

短工们吓得胆战心惊,气氛既紧张又黯然,没有人愿意再往前踏出一步。他们像丢掉被火烧得滚烫的石头那样,扔掉了关着玛斯塔尼的笼子,躲在树后瑟瑟发抖。诗蒂瓦在一旁害怕得站不住,拂花轻轻握住她的手腕。

他们听见大树摇摆的嗖嗖声,树枝被什么庞然大物踩碎,如巨轮飞速地碾压过来。

红毛猩猩智力超群,是这个星球上最聪明的灵长类之一。它们丑陋但优雅,大部分时候都很恬静,鲜少有人见过它们发怒的样子。

然而成年红毛猩猩的狂怒像风暴,它们会化身最凶暴的野兽,把一切撕成碎片。

此刻,愤怒的化身像神祇一样站在众人面前,身披红色长毛,双臂如鹰展翅。

෴ 9 ෴

短工们早已吓得魂飞魄散,四处逃窜不知所踪。

暴怒的巨兽开始摇晃跌落在地上的铁笼,玛斯塔尼的叫声已经从尖利变成哀婉,它的呻吟被巨兽听到,偶有几声类似安慰的相合。

"巴吉拉奥。"拉杰普特商人早就失了神,喃喃地说。

"谁?"拂花问道。

"巴吉拉奥。玛斯塔尼的爱人。"他仿佛换了个人,奸猾之气涤荡殆尽,满脸虔诚,"他是来找玛斯塔尼的,我们要把玛斯塔尼还给他。"

拉杰普特朝那巨猿跪了下来,双手合十叩地,口中念念有词。他再三叩首后,闭着眼睛,双手奉上了钥匙。

诗蒂瓦早已吓晕过去。拂花立起身来从商人手里拿起钥匙,提着心走到了铁笼前。

那疯狂的猩猩猛地一下跳起来把拂花扑倒在地,利齿蹭过她的肌肤。拂花觉得脸上湿漉漉的,闻到淡淡的血腥气。她刚才倒地时,好像撞到了脑袋。

那猩猩并没有进一步地进攻,胸脯却是剧烈地起伏,极力在控制自己的怒气。玛斯塔尼凄婉的叫声此起彼伏,她的哀求是无形的锁链,缚住了巴吉拉奥。他终于从拂花身上挪了开来。

拂花不记得自己究竟是怎样爬过去打开那把锁的。记忆定格在巴吉拉奥和玛斯塔尼消失前,玛斯塔尼回过头深深看了拂花一眼。

他是憋了一口气到底,上天入地也要找到她。佛来斩佛,魔来斩魔。

拂花心满意足地舒了口气,放任自己跌入黑暗的深处。

10

拂花的灵魂重回躯壳后,第一眼看见的人仍旧是苏白衣。

没有任何犹豫地,她像兔子一样扑进他怀中。苏白衣的手指插进她的深红长发,轻柔抓弄。

"你回来了。"她喃喃地说,"真的是你么?"

苏白衣轻笑了一声,手臂又收紧了些。拂花趴在他怀中换了个姿势。

"你受伤撞到了头。看来还挺严重,净说胡话。以后我出门,你还是同我一起去吧。"苏白衣说,"每次我不在,你都弄出些让人后怕的事情。"苏白衣扯过丝绸薄被,裹住她露在外面的肌肤。

"有件事我要跟你坦白。"拂花仰面认真地看着苏白衣,"我嫁你之前的那个晚上去过一个地方……"

"正好,我也有件事要告诉你。"苏白衣一脸严肃地扶住拂花的肩。

她很轻地"嗯"了一声低下头,仿佛下了巨大的决心要迎接滔天的变故。

"我娶你之前的那个晚上,见过一个姑娘。散着一头及腰长发,面若冰霜。她穿着一身火红的嫁衣,孤单坚决地走进了镇上药婆的铺子。那场面太过凄厉,那么美的姑娘究竟发生了什么事,要去那个地方。第一次因为一个陌生人,我产生了奇怪的情绪。可还是压住了追上去的冲动,而后那夜在辗转反侧中难以入眠。"

怀中的拂花已经浑身僵住,眼中流出的热液滴落在苏白衣的手背上。

"直到第二天,我看见那身嫁衣的主人,跪在我的身侧。那种莫名的近乎失而复得的情绪充斥着我整个人。我一直都知道你经历过些什么。"

他就这样娓娓道来,仿佛在说一件再稀松平常不过的事情。

拂花蜷在他泛着暖意的胸口无言。苏白衣紧紧拥住她。

这一日只是他们众多日子中平凡的一天。

第八章
地府游

不要恨,也不要执着爱
不是不爱
是缘分深浅有别

1

地府繁花似锦、五光十色,与她想象的样子差之千里。

此刻谢鸢蓝脚下踩着坚硬潮湿的黑石,夹在一堆熙熙攘攘的亡魂中朝着不知名的方向去。眼前有五彩的灯,也有热络的叫卖声,和人间一样热闹。

她脚上穿着这一生最喜欢的琦蓝丝鞋,两只鞋面上各镶了一片鸽子蛋大小的冰种翡翠。那是她丈夫在他们感情最好的时候送她的礼物。这款式简单大方,且并不过时,几年后人间有位蒋夫人也有一双差不多的。

她的头发还是像往日那样整整齐齐地绾了起来,用一根帝王青金石簪子插住,在耳边映出深蓝的气泽。死的时候,她特地收拾了这一身行头,清清爽爽好上路。

早知地府这方景象,何苦人间流连忘返。

在这里没有日夜晨昏的交替。时间是一根平滑的直线,没有刻度。忘川路遥，身旁的亡魂们偶尔会交谈，谈论的最多是，自己是怎么死的。

很久以后，一路走在她身边的沉默少女也问了她这个问题。

"喂，侬是哪能死额（喂，你是怎么死的）？"

谢鸢蓝并不理睬她，默默垂着蠎首。

少女倒也不介意，径自说了起来："吾啊活了千岁，就快躲过大劫的辰光，欢喜上了一额人。结果侬猜哪能？吾欢喜额人，把吾额心挖出来，切忒了一刚。（我活了千岁，就快躲过大劫的时候喜欢上了一个人，结果你猜怎么着？我喜欢的人，把我的心挖出来，居然吃掉了）"她娓娓道来，语气稀松平常。说完最后一句，还忍不住呵呵笑了一声。

"吾啊，就个能噶死透了啊（我啊，就这样死透了）。"她摊了摊手，这样总结道，"个是吾额命，阿拉阿娘活着额辰光忒吾讲，噶西多年数，只有一额宁逃过此劫。（这是我的命，我奶奶活着的时候同我讲，世世代代里，只有一个人曾经逃过这个劫数）"

谢鸢蓝抬眼看了一下这个啰唆的姑娘。她外形和人类无异，除了怀里揣着的那条白毛巨尾，如果不仔细看，极有可能认成冬天的暖手筒。

"吾是阿拉窝里厢顶没出息额，活得年数最短。但有辰光吾想，如果没碰到伊，活了再长又有得啥意思呢。（我是我们家最没出息的，活的年数最短。但我有时想，如果没有遇见他，活得再长又有什么意思呐）"她不甘心似地又给自己补了一刀，声音里透着傻气。

这是一只活了千年的狐狸精，操着一口上海话，还带点苏州口音。谢鸢蓝在心里这样默默总结到。

2

思悟殿是整个地府的中心，一个风景还不错的地方。背靠冥界邙山，面向流经此处的忘川，终日水声潺潺，颇有韵致。河岸边的往生花开得极盛，殿中央种了一棵樱花，偶有微风吹过落英缤纷似雨。

此处专门收纳命途不知归处的亡魂。这类亡魂不多，十根手指绝对数得过来。做了大奸大恶之事的那类反而比较好处理，直接去受苦便了结。执迷不悟的就难办许多，随随便便去了一处消业障，也不见得就能大彻大悟。思前想后，地府主事们就辟了个地方，盖了座房子，让那些亡魂们有一处清净之地好好反省。

其实思悟殿已经许久不开张，谁知这日一来就来了两位：谢鸢蓝和那说上海话的千年狐狸精。

殿中的管事，是位长着狍子头人身的女性，名唤孤芳。谢鸢蓝第一眼见到孤芳的时候，没忍住，乐不可支地笑出了声。她已经二十年没有笑过，笑起来有点夸张。

倒是没有什么恶意的，就是觉得孤芳的容貌太过高贵冷清，配上这名字，的确只能自赏了。

孤芳望着谢鸢蓝的反应倒也不恼，甚至还颇有些成就感。

在她漫长的年岁里，见过很多更夸张的反应。之前有位清代的皇帝，二十出头就殒了性命，死后仍念念不忘他挚爱的妃子，不愿转世，便在这思悟殿住过些年。

他见到孤芳的第一面，倒在地上蹬腿，笑得涕泪横流。那位皇帝后来与孤芳极为要好。他说孤芳是他失去心爱的妃子之后，第一个让他笑的人。

思悟殿里的亡魂,满身业障,生前困苦。孤芳觉得自己能够博他们的一笑,实在是功德。

"你长成这样,想必是有原因的。"第一天上任时前辈的这句话,她一直记得。

3

她们在思悟殿住了许多年,日子富足且无聊。

狐狸精反反复复讲着自己的事,谢鸢蓝听着耳朵生茧,多有烦扰。

她也确实不懂狐狸精,大好的辰光经年累世用在一个永远背弃她的人身上。虽然活过千年,脑筋却真的不太好使。对于这种故事,她自是不屑的。当然姑且也就是听着,并没有任何回应,直到有一天。

"你那也叫爱?他心里根本没有你。"这一天,听众打破了长久以来的沉默,第一次发表了评论。

狐狸精头一遭受到这样的质疑,瞬间成了石化的狐狸。

到底是尴尬的。毕竟这是她这辈子唯一能够拿出来讲的事情,却被泼了冷水。她一分神,维持人类外表的法术就散去,脑袋上露出长满细小绒毛的狐狸耳朵来。

"侬爱过,个么侬倒是讲讲侬额事体啊(你爱过,你倒是说说你的故事呀)。"狐狸精憋了半天憋出这样一句话,说完匆匆别过头去,像是个闹脾气的小孩。

谢鸢蓝看着那对绒毛耳朵有些抱歉。杯中的枇杷酒呈琥珀色,她端起来一饮而尽,伸手拔了发簪松开一头软发。

记忆中，那盘清炒虾仁是天上的星星。

明虾的大虾仁被完整地剥出来，和碧绿的豌豆炒成的菜。小小的她坐在母亲的身旁，目不转睛地看着那盘晶莹的肉，有些煎熬。她就这样看着，却并不能动筷子。

出房门前母亲特别交代过，不能先动手，要等夫人和少爷动筷了才能吃；不能跟他们同时夹一盘菜；不能夹摆在别人跟前的菜；不能狼吞虎咽，要有柔和的吃相。

可是少爷吃得好慢啊，谢鸢蓝等了很久，总也找不到机会夹虾仁。

夫人还在不停地往他的碗里夹虾仁，堆得像山一样高。七八岁的小男孩儿跟稚儿一样，还需要奶娘小口小口喂着吃，稍有不顺心意再哭上几声。

眼看那盘子中的虾仁所剩无几，六岁的谢鸢蓝沮丧地看了眼母亲，她却毫无反应，眼神空洞地低着头一根一根地吃着碗中的草头。

终于，盘中剩下最后一只虾仁。谢鸢蓝既紧张又害怕，小手在桌布底下攥住母亲的裙裾，恳求她帮自己留下那最后一只虾仁。母亲仍旧吃着碗里的清汤寡水，并不理睬。谢鸢蓝急了，颤颤巍巍地站到了椅子上，艰难地朝虾仁伸出了手。

母亲微不可查地皱了下眉头，终于没有阻止她。

时间突然变得很慢，几乎花费了一个时辰那样长，她才终于抵达那只虾仁。可对面突然"啪"的一声伸出一双筷子，在她的面前掳走了它。少爷的奶娘带着点得意地晃了晃筷子，那只虾仁便没入她的嘴中，只留一小节虾尾挂在嘴边。

谢鸢蓝"哇"的一声放声大哭，积累了一个晚上的委屈，再也没有忍住。

对面夫人的脸上满是讥诮。母亲许是觉得尴尬，轻声喝她，却怎样都喝不住。

直到父亲的皂靴出现在厅中，谢鸢蓝在怨毒的眼神中不管不顾地扑上去，哭声逼向了顶点。

那晚谢鸢蓝得到了一整盘清炒虾仁，在父亲的怀里撑到打嗝，却又觉得仿佛没有期待中的那样好吃。

母亲在夜深人静的午夜摇醒了她，半空中的巴掌扬了扬却始终没有落下。

她的眼中半是凄苦半是恶毒，像下咒那样抓着她的领口说："在他死掉之前找到另一个人庇护你吧，否则就要像我一样，像我一样，懂吗！"

她被母亲恶鬼一般的样子吓坏了，胃中一阵翻腾，"哇"地一下把吃下去的虾仁全都吐了出来。

那摊呕吐物在冰冷月光下发出微热的、令她终生难忘的作呕气味。

∽ 4 ∾

又过了几年，母亲得偿所愿地死了。父亲许是觉得亏欠，对她越发宠爱起来。

她少时有风姿，又得了母亲的姣好容貌，十几岁大时已经明艳不可逼视。虽然是庶出，但跟着身为公使的父亲游历过欧洲诸国，识文断字，也算是有见识。

那时有两个人常来家中拜会她父亲。一个是清贫书生，另一个是巨商公子。

那时在欧洲，男女交往并不拘束。她也常做西人打扮，并不拘于礼节。时间一长，与少年们的来往就频繁起来。和他们在一起自在又愉快。夏日戏水，冬日打猎；得闲骑马，踏过四季尘埃。

许是因为她的母亲已经死了，再没有人耳提面命地约束她，她便整日按照自己的心意活着。

那是一生里少有的自由时光。

可人的选择那么少，自由像光一样奔驰而过，很快抵达下一个枷锁。

两个少年都向她求婚时，父亲问她选哪个。

谢鸢蓝选了巨商公子。那巨商公子原有一位妻子，年少亡故，留一婴孩。父亲又问她为什么，她看了眼窗外的清贫少年，没有回答。

过了许久才说："大族正妻，曾经是娘的愿望。"父亲闻言十分内疚，遂准备了丰厚的嫁妆与她。

出嫁前的一晚，清贫少年悄悄来看她。她的房间早早熄了灯，少年在门前站了许久又悄无声息地离开，在她的门前留下了一根发簪。帝王青金石散发出深蓝的气泽。

那夜谢鸢蓝躺在房间里睫毛颤动，任凭内心如何恳求都拒绝睁开眼睛。

母亲死的时候说，怎么选，都是错。可那时候，她以为自己选对了。

5

最好的年纪遇见对的人，嫁于他为妻。她以为这样便是白首一世，故事已经翻到结尾。

丈夫的母亲并不喜欢她，官家小姐的身份也不能让苏老夫人无视儿媳的出处。

老夫人盛年丧夫，一人撑起家业养大儿子，脑袋自是精明的，不至于蠢到拒绝为儿子带来大好前程的姻缘。可要她完全不介意谢鸢蓝的出身，也是万分艰难。

谢鸢蓝的母亲从前在书寓里做清倌人，讲到底也是娼。

更糟糕的是，她不能生养。

生前为人妻二十载，无嗣。开始的时候，老夫人还能维持场面上的客套，时不时请个大夫回家为她调养身体。

直到三年五载都没有消息的时候，便彻底失了兴趣。她那时是内疚的。

生活近乎完美，而唯一的遗憾来自自己。常常遗憾到鱼水之欢时亦会出神忧愁，坏了兴致。

她自己没有孩子，看见前任留下的孩子，心情就颇为复杂。明明是喜爱的，然而那喜爱是对自己的背叛，于是只能绷着一张脸。

有那么几次，她明明就要绷不住爱意，那孩子却扭头跑掉了，留她在那里落寞地尴尬。

久而久之，两人就没有办法亲近起来。

从前心宽，她没有任何抛不下的人。得了他的爱，也给了自己的爱，拥有才会怕失去，结果就真的失去了。

那是她出嫁后的第九年，丈夫的妾室被隆重迎进家门，跪在那里向自己磕头敬茶。

谢鸢蓝接过茶的手微微发抖，她看着妾室的脸，心头掠过凉薄之意。那张美丽的脸越是冷漠，越叫她心慌。

她竭力遏制像蒸汽一样升腾起来的狂躁，端坐在那里维持正室的体面。

可她也是妾室的女儿。妾室的女儿又要输给妾室了。

◇ 6 ◇

那夜谢鸢蓝喝了太多孤芳酿的枇杷酒，那酒入口香甜，实际凶得很。三盏下肚，她在思悟殿前的石阶上睡得不省人事。

她做了一个很长的梦。梦里她那许久未见的丈夫和他的红发妾室在一片密林中的白色宅子里生活，潮湿的空气里充满了甜腻的气味。

他们赤身裸体地半掩在芭蕉的后面，叶片抖动，空气喧嚣。

艳绿上淌下热烈的汗水。她在暗处看得痴狂，浑身燥热。丈夫曾经要求她一起去爪哇，却被自己拒绝了。

如果当时答应了他，也许他就不会负气带着妾室去那里。如果是那样，是不是他们之间所有的一切就能完好如初？

谢鸢蓝越想越心烦，那些"如果"像把火，把她架在高处烧。

她狂躁、蛮横地扯着身上的衣服，裂帛声此起彼伏，皮肉暴露在空气中却欲火更胜。她就快烧成灰烬了。此时不知何处来了清凉的甘露。

她张开嘴喝着这救命的药，终于睁开了眼睛清醒过来。

眼前是孤芳和狐狸精，自己坐在一汪泉眼里，全身尽湿。

"是你们把我泡进来的?"谢鸢蓝问眼前的走兽。

二兽皆摇了摇兽首,表示否认。

"是魏掌司。"孤芳指了指背后的邙山。邙山上有一人正在徒步,白衣长发,仙姿勃勃。

一种难言的熟悉和牵绊,让她几乎热泪盈眶,张口想要喊住那人。

那人一回头也刚好望向她,

分明是一张陌生人的脸。

7

魏无药自从来了地府任职,就不再使用自己的名讳,时间一长便没有人记得他的真名了。

同样成谜的还有他的年纪。他是地府的老人,没有人知道他究竟是何时到任的。只是那思悟殿建起来的时候,他便已经在这里了。

孤芳掰了掰爪子算了半天告诉谢鸢蓝:如果硬要对他的年纪说个大概,怎么都至少千年。

谢鸢蓝摆了摆手表示有听到,一只脚已经跨出殿外,向邙山去了。

魏无药住在邙山的山顶。这日他召了谢鸢蓝于山顶的泉水边一叙。恰逢谢鸢蓝在思悟殿住的日子几乎已到极限,若是再化不去执念,那业障是要带进后世的。

山顶的泉边搭了一草庐,崖舌上放两个草垫,此处坐下能望见地府的大半地方,远眺各个地狱的景况。魏无药与谢鸢蓝并排枯坐了两日，两人才终于开口说了话。

魏无药叹了口气说："苏白衣和拂花，只有十五年的缘分。此刻人间，拂花已经垂垂老矣。"谢鸾蓝在思悟殿徘徊多年不得出，说明心中还有极大的怨气。魏无药知道她心中的挂碍，所以从这里说起。

"那苏白衣呐？"谢鸾蓝问。

"去世多年。"

魏无药嘴里吐出这四个字，谢鸾蓝手中的茶杯跌落悬崖，两眼失了神。

她癫狂地指着天空长笑，又落下泪来："你背弃我要和她在一起，到头来还不是被生死拆散。"

魏无药不忍看她哀痛的样子，从泉中舀出一瓢水撒到半空中。水凝结成一张光滑的幕布，布上如皮影戏一般投出人和景来。

那是一片沙滩。阳光暴烈，沙滩上有一具已经脱水的尸体，不辨雌雄。那是一个溺水而死的人，身上缠满海带，皮肉被鱼啃得参差不齐。尸体残存的皮肤揪在一起，已经看不清五官，青紫的尸斑可怖得吓人。

日夜交替，尸体被暴晒了三日，那场面既惊悚又心酸。直到第四天，沙滩上终于来了一人，她看见了尸体，脱下外衫来盖在尸体上便走了。

又过了两日，沙滩上又来了一人。她也看到尸体，可并没有草草了之，而是费了很大劲挖了个坑把尸体埋了，又捡来石头，垒起一个小小的坟茔。

自此沙滩又恢复了正常的样子。亡魂得以安息。

水幕到这里突然化成无数小水珠，消失在魏无药和谢鸾蓝的眼前。

魏无药扭过头对谢鸢蓝说："尸体是那一世的苏白衣，掩尸的人是你，而挖坑埋尸的人是拂花。苏白衣和拂花之间的牵绊本就大于他和你之间的联系，他们之间的缘分，要比你们之间深厚。"

"所以不要恨，也不要执着爱。他不是不爱你，而是缘分深浅有别。"魏无药迟疑了一下，还是伸手揩掉谢鸢蓝滚落的眼泪。

8

了了心结，亡魂就要继续自己的旅途。这日，谢鸢蓝从思悟殿出来，再入六道轮回。

不经意也同住了好多年，狐狸精有些舍不得，两只桃花眼有点肿。她的事情还没了结，怕是还有些年岁。谢鸢蓝与她告了别，嘱咐她好生保重，下一世别再给人挖了心。实在不行就挖个肾，好歹有俩。

时辰到了，谢鸢蓝朝邙山的方向拜了一拜，谢过魏无药开解她的恩德。

魏无药在山顶一直望着她远去的方向，直到影子消失不见。

站在一旁的孤芳冷眼望着魏掌司的一脸痴容，幽幽叹了口气："人如其名，大人你真是无药可救。"

魏无药但笑不语，伸手进心脏位置，摸了摸那里的一块硬物。帝王青金石的幽蓝气泽沁入皮骨。

他想起多年前的那个夜晚，她开门捡起那根发钗，伤心的样子。

第九章
太后与我

梦想这种东西
落空起来这么痛

苏丽珍喜食蟹。

其实众多海味河鲜她都爱，可螃蟹在这众多爱里却又显得特殊。

陈落芽记得她十岁左右的那几年，家中光景一度十分暗淡。那时苏丽珍和她的同辈人正经历着提前到来的中年危机，不论男女纷纷下岗。她们那代人大多没念过什么书，也缺乏技能。中学没毕业就去了全国各地的农村，农村回来就顶着父辈的岗位进了工厂商店。焊工的儿子仍是焊工，会计的女儿还是会计。一辈子都走着别人安排好的路，走到中年，路却断了。

下岗是什么，陈落芽不太懂。不过她倒是一直记得，有个傍晚，苏丽珍从学校领她出来去了菜场买菜。她们在螃蟹摊头前停下来站了很久。那个季节本没有太多品种可以选择，摊头上只有一种最普通的梭子蟹。看起来很大的梭子蟹们在木桶里吐着泡泡，行将就木，一副快要死掉的样子。苏丽珍在那堆蟹前站了很久，什么都没有买,带着陈落芽快快回了家。那卖螃蟹的摊主也是住在一条弄堂里的女人,白眼翻得利落,被回头的陈落芽看得一清二楚。

"妈妈,侬看了半天为啥伐买呐?"陈落芽有一丝不快。

"万一买到空额,买汰烧,辛辛苦苦一堆壳(万一买到空的,买好洗好煮好,辛辛苦苦一堆壳)。"苏丽珍答她,"噶贵,伐舍得呀(那么贵,不舍得啊)。"

陈落芽听到苏丽珍的话,眼前又回荡起刚才那个白眼。她年纪小小第一次意识到,钱是很重要的东西。后来她长大了自力更生,终于不再为钱烦恼的时候,依然常常记起这天在螃蟹摊头前发生的事情和苏丽珍脸上的表情。

那年苏丽珍44岁,她每个月拿着800块钱的工资在下岗的担忧中惶惶度日,前路渺茫。

1

苏丽珍这个名字很大路。

像是所有爱上闺蜜的男朋友都叫家明;所有恪守孝道的女儿都叫家珍;所有美丽坎坷的女人,都叫玫瑰。她母亲那一辈有三女一男,每个都是惊才绝艳的人物。那一代苏家人的名字也都朗朗上口,精致得像摆在 boutique 橱窗里的瓷器,谁若唤一声保管他唇齿留香,余音绕梁。

可不知为何,一切到了她这里就多了一种百货商店的气息,高贵感荡然无存。

直到有天正值青春期的女儿纠正了她的这点看法。

那天她正在弄螃蟹,陈落芽对她说香港有个导演叫王家卫,在他的电影里张曼玉演了一个有很多旗袍穿的女人。那个女人也叫苏丽珍。

苏丽珍一边剁着螃蟹一边问陈落芽："那部电影里的苏丽珍有我好看吗？"她手起刀落狠狠挥下去，"哐"的一声精准地斩掉了螃蟹的钳子。

陈落芽在一旁看着一哆嗦，飞快答她说："不如你好看。"

那螃蟹的断肢因为疼痛，剧烈地颤抖着，踉跄蹒跚，几乎要从砧板上摔下去自我了断。陈落芽在一旁被这情景蒙住了心，觉得虽然她们听不到频率，但螃蟹的尖叫声也许已经飞到了人马座。也是从那天开始她觉得吃螃蟹这件事，有点痛。

女儿不喜欢吃螃蟹，苏丽珍只当她是懒。在她看来陈落芽就是个懒孩子，万事差一口气。念书的时候挤进前五就好，从来不争第一。漂亮归漂亮但只是七十分美人，只怪减肥事业撑死只能成功25%。就连结婚这样的事也差口气，进了礼堂丢了新郎，差一丁点就能结成，却偏偏缺了最后那边角料般零碎的运气。心大到装得下整个宇宙，一场折腾下来还去参加了前结婚对象的婚礼，和后来的那位新娘玩得十分开心。这么不省心，也不知道像谁。

苏丽珍自恃是个刻苦的人，如果生在了陈落芽这一辈一定会比她用功得多。那些分毫的偏差根本不会发生在她身上。可人最怕生不逢时，她的时代几时爱过她？失去的越多，在别处讨不回来，只好扑在陈落芽身上。

也许正是因为这口气撑着，苏丽珍没等到下岗这件事落到自己头上就主动做出了决定。她先是辞了工作去贸易公司做临时工，凭着多年自学的半吊子外语硬着头皮扛下来，成了公司里最娴熟的跟单员，终于换到了一纸正式合同。

那时手头是松了些，可代价巨大。她每日要穿越整个城市去上班，天不亮就要起床。下了班到家，邻居们边看着八点档电视剧边剔牙，她才刚开始准备一家人的吃食。而周末等着她的永远是两大盆衣服。

生活是一台高速运转的机器，苏丽珍只有一刻不停地向前跑才能勉强维持一切不倒塌。这里面免不了花了些笨功夫，她偶尔也会谈论自己的付出和辛苦，说多了却会惹人烦，比如她夫家那些大小姑子们。

"哪个女人结了婚不是这样的？"她们会当着小孩子的面这样反问她，而结论永远是——女人么，谁都是辛苦的。

苏丽珍就只好笑笑不知道该怎么回答。大小姑子们大约是真的不懂，她并不是想要讨几句场面上的安慰，而是这些年她是真的觉得很辛苦。

这些辛苦平日里没有出口，她忙到根本想不起来说，压在她心里时间久了，碰到个想说的时候也就说了出来罢了。

这种时候如果陈落芽在的话，会飞快翻几个白眼过去，为她争回些面子。苏丽珍表面上会狠狠地瞪陈落芽一眼，但心里面是高兴的。

陈落芽不止懒，天性中还有种极为散漫的气质，心中也没有那么多条条框框。

她反抗起来总是名正言顺，带着正义又自由的光芒。

2

苏丽珍15岁的时候，随着一票差不多大的年轻人来到一座常年刮着大风的海岛插队落户。

那岛与城市隔着一道海，天气好的时候似乎能够望到对岸。他们来时不过少年们离家撒野，不晓得几时，但大约不会很久，就能回去。

上岛时已是深秋，第一道雪落下来的时候，他们排着队去开河浜。隔着厚橡胶鞋一脚踩下去的时候，冷意还是透过靴子漫进来。

吃饭的时候头顶没有一处遮挡，只好象征性地靠在拖拉机旁。空中的雪花和冰碴子径直飘进碗里，和着老到嚼不动的卷心菜皮，硌得她牙痛。

可即使这样也要大口大口地吃，快快地吃，才能赶在食物彻底冷掉之前，留住幻觉般的一丝温热。

岛上的闪电十分骇人。前一刻还是青天白日，下一秒混沌中几道银线当头劈下，天就碎成了几块，虎啸鹤唳踏着云来。别的小姑娘常被这情景吓到，苏丽珍则不。她总是全神贯注地看着，胸中不平跟着一起电闪雷鸣。

春天的时候，他们排着队去插秧。秧苗长到半人高，大部分人进了岛上的工厂做工，只留下几个人照顾农田。

苏丽珍进了工厂，双手泡在汽油里学着做橡胶鞋，同宿舍的小荷还留在田里，苏丽珍十分羡慕小荷。

小荷她，经常见得到太阳。

苏丽珍一直记得,那天小荷和自己吃了饭,蹦蹦跳跳地去仓库里拿了农药,她要给几大片农田都喷上药。小荷那天正来大姨妈,发着小嗲背上农药跟苏丽珍抱怨这种时候怎么也要腰酸背痛好几天。

傍晚的时候苏丽珍走回宿舍,离大门百米开外的地方,小荷躺在担架上被人匆匆抬了出来,脸白得像一张纸。空气中血腥气混着雌性荷尔蒙的味道扑面而来。

那天日头很大,只有小荷一人干活。她在大太阳底下喷了整整两个小时。喷完了所有的田后松了一口气,这才急匆匆地去厕所换掉早就湿透的月经带。

换之前她没有洗手,剧毒的农药就随着经血一起进入了她的身体。

岛上并没有正规的医院,小得不像样的医务室哪里管得了这种人命关天的事。小荷那时17岁,没挨到渡过海回到城里就死了。她流了好多好多血,在床上、担架上、宿舍的地板上、乡间小路上,和那被她关照过的田野上。

"所以呐,女孩子在生理期一定要洗干净手才能碰自己。这是头等大事。"

陈落芽初潮时13岁,苏丽珍一边教她用卫生巾,一边给她讲了这桩往事算是普及生理知识。陈落芽觉得苏丽珍不愧是白羊座,心真大。她不知道的是,苏丽珍其实还掖了一半没讲全。

小荷死后的那个晚上,同宿舍的女孩子都不肯回去那间屋子睡觉,只有她一个人回去了。她在小荷那张全是鲜血的床边坐了整整一夜,在心中做了一个重大决定——

一定要离开这个没有希望的地方。

3

陈落芽二十八九岁的时候,是同辈的小孩里唯一一个没有结婚的人。苏丽珍对此很着急,经常在个人问题上对她说教。当然这种说教,陈落芽是不接受的。围绕这个话题的对话也很让人啼笑皆非,比如:

"为什么你非要让我过结婚那样俗气的生活呐?"

"你难道想孤独终老吗?"

"你知道我们这个时代的直男已经无药可救了吗?"

"什么是直男?"

"那你知不知道什么叫不婚不育保平安?"

"我不婚不育哪里来的你?"

陈落芽不爱听这些的理由也很简单,苏丽珍在这件事情上并没有说教她的资格。

谁说少年的青春必须风流,她娘的就很平淡。虽然贵为厂花,但情海不曾翻滚,乏善可陈。

再者,感情这种事自带强烈的个人属性。所谓甲之蜜糖,乙之砒霜。即使苏丽珍在情海翻滚过,她的经验在陈落芽身上也可能毫无用处。

最后的最后,中国父母之于子女,教养虽然名正言顺,但也总有些压迫的意味。方法论学完却不知道要做案例研究,对症下药。有点个性便是大逆不道。

陈落芽不是没有试图对苏丽珍讲过自己和曾盐的事情，但总是寥寥几句，就讲不下去了。有首歌这样唱：苦海翻起爱恨，在世间难逃避命运。相亲竟不可接近，或我应该相信是缘分。

如果要概括起来，她和曾盐之间大抵便是这样。苏丽珍抗拒浓烈的一切，陈落芽的这摊情事在她看来和发了疯无异。

对陈落芽来说是很简单的道理，可苏丽珍就是不懂得。如若论起单身之原因，她只会数落陈落芽，帮她总结原因："你就是做事情没有长性，毅力差，不能坚持到底。你小时候画画没坚持下去，我就知道你有这个毛病。所以你和人相处不好，总是分手，不懂得坚持。"

"你怎么知道我没有坚持……"陈落芽在心里喊，"我坚持喜欢他好多年呐，就是没说出来呗。"

那些爱恨、命运之类的，她娘都不太懂。苏丽珍是灵魂很敦实的生物，严丝合缝透不进红尘之光。这种事情和贝蒂苏是大有可聊，和苏丽珍讨论那就是自讨没趣。

厂花苏丽珍恋爱到底是个什么水平，恐怕只有她自己晓得。

那年小荷死后，苏丽珍孤注一掷地相信，这个岛是个死局。如果不离开这个地方，不光是自己，后代也会跟着遭殃。许是觉得这是命运攸关的大事，她的生物系统都忙活起来，自建了一道防御系统，但凡有雄性气息靠近，通通灭口。

那几年她苏丽珍成了一朵开在悬崖上的花，没有人摘得到。

"那你年轻的时候，都没有喜欢过什么人吗？"陈落芽问过苏丽珍这个问题。

大概是有的吧，她也记不清了。感情这种东西也就是一种连续的感觉，而感觉是平白无故会消失的那种东西。她在岛上最后的那几年，同辈们纷纷长大成了人。回城无望的青年男女们便各自凑对结了婚，生儿育女起来。即使没有结婚的人，大多也都有了对象。

除了苏丽珍。

她好像对这些事情完全不感兴趣，放了工就回宿舍看书学习。

"想着飞黄腾达，伐想谈旁友（想着飞黄腾达，不想谈恋爱）。"朋友们揶揄她，她不跟他们急，倒和自己较真，脸上露出认真的苍白，喉间憋着一股气。

最后一年，岛上发生了一件大事。

又有男孩子像苍蝇一样追着苏丽珍，两个人不时来找她，竟互相吃起莫名的白醋来。

那两人长相风貌南辕北辙，一个文质彬彬，抓只鸡都有障碍；另一个孔武有力，推倒墙不是问题。孔武有力的青年时不时帮她打个热水，扛个水泥；文质彬彬的则送些寡淡的吃食，或是几首酸诗。

苏丽珍拒绝得很直接。文质彬彬的不过戚戚了几天，就草草放弃了。倒是那孔武有力的有些韧劲，又坚持了不少时日。

苏丽珍心中略有负担，想着这么耽误人家也不厚道。于是把人约出来，话摊开来又说了一遍。

"我心思不在这些事情上，至少在这个地方是绝对不可能的。"

"吾晓得了。""孔武有力"抬起头的时候，眼睛里有些亮晶晶的光点。

苏丽珍心情很好，觉得自己解决了一件大事。隔日她在车间里洗橡胶的时候，"文质彬彬"却突然冲了进来，抓起她甩手便是一个大耳光。周围先是惊呼，又安静得尴尬。

"婊子。"他冲着苏丽珍恶狠狠地骂了一句，就寒碜地跑了。

那个耳光应该是用了很大的力气，苏丽珍隔了一会儿自己摸上去的时候还觉得很痛。但她也只是轻轻碰了一下，就回到位置上继续洗橡胶。一切恢复到了平常。

又过了一天，团支书来找苏丽珍。

"那两个人互相理解错了意思。一个在另一个面前说你答应他将来再说，那另一个就觉得你玩弄了他的感情。一生气就跑来打了你。"团支书和苏丽珍一般大，是个刚结婚的青年妇女。

"丽珍啊，那个谁还是挺有前途的年轻人。你这次就原谅他，不要计较了。"团支书一边低头织毛衣，一边劝她。

"不计较，是让所有人都以为我应该被打，是个婊子吗？"苏丽珍冷冷地回她。

"哎，不是，这话不能这么说。"团支书终于抬起头来，"倒不是我说你，这种事情，女方也是要负责任的。"

"你什么意思？"

"苍蝇不叮没缝的蛋。你说我说的什么意思。"

苏丽珍气得眼眶发红倒也没哭出来。出了那扇门，心里发着涩。在这岛上困了十年，生活再无望的时候，她都不曾痛苦。这一刻却有枯萎之感。

4

不知道从何时开始,陈落芽不再喊苏丽珍妈妈,而是唤她太后。整日太后长,太后短,像只小猪一样在苏丽珍身边哼唧,没个正形。

"太后,我想出国念书。"陈落芽第一次失业后跟苏丽珍这样说。小姑娘还没毕业就进了行业的翘楚公司,吭哧吭哧热烈地干了半年,部门的老大却在宫斗里败下阵来,一夕之间走的走、散的散。她年纪小,从来没有见过这种变故,一时之间傻了眼。

"嗯,那要花好多钱呐。我们家可供不起。"苏丽珍想,陈落芽究竟是想去深造还是因为工作上失意,只好找点别的寄托。

"那我自己挣点。"

"要是还是不够呐?"

"那我再申请点奖学金。"

嘴上冷清并不想插手的样子,苏丽珍却严格管理起了陈落芽的财政,每个月帮她领薪水存钱。

陈落芽被录取的时候,苏丽珍还是拿出了所有积蓄外加姆妈苏拂晓留下来的钱给她,吓坏了一众亲戚们。夫家的小姑子们冲到家里来吃点心,排排坐在那里脸色铁青地发表自己的观点。

"这是多有钱,全部给了她念书去,你们老了去喝西北风吗?"

"女孩子念那么多书干吗?你看林家宅的那个小孩,没有出过国不也挣了很多钱吗?"

"伊就是被奈宠坏了,嘎随心所欲。也不考虑家里的状况。"

姑子们在家里坐了一个钟头,仍然没有要走的意思。苏丽珍走到厨房给陈落芽发了条短信,大意是下了班自己在外面玩会儿,先不要回来了。

"有多少钞票,办多少事体。伐要死要面子。"这句话飘进她的耳朵里。

赤豆汤也堵不住厅里两个女人的嘴。

苏丽珍不紧不慢地走到客厅,又给两人各自盛了一碗汤,在她们对面坐下,托着腮看着两人悠悠开了口:"你们吃完了就早点走吧,不留你们吃夜饭了。"

"阿拉讲额事体,纳算是同意伐啦(我们讲的事情,你们算是同意吗)?"

"自家小宁读书,用多用少才是自家钞票,就伐要奈费心了(自家小孩读书,花多花少都是自己家的钱,就不劳你们费心了)。"

"个算撒咸话(这算什么话)?"

"放心,伐会问纳借钞票额(放心,不会问你们借钱的)。"苏丽珍没躲过对面泼过来的赤豆汤,衣服上沾到了些,"还有,房子赶紧还回来,现在我们手头紧。那些户口让纳占了那么多年,也该理理清爽了。"

那天姑子们大闹了一场,血压飙升,坐着救护车走了。

三十多年前苏丽珍从岛上出来时,27岁。没什么行李的她推着一小拖车的书和练习册回到大上海。这些年除了在岛上做工做农,她所有的时间都用来学习。艰深的数学、饶舌的英语全部都攻克了。她心里坚信,总有恢复高考的那天。

等到了那天,她是要去考大学的。

可回到上海,她进了工厂画图纸。在漫长的等待里相了亲结了婚生了芽芽。终于可以高考的时候,她有了家庭的拖累。她看着芽芽在床上笨拙地翻身,像小猪一样哼唧。

苏丽珍看着她,觉得自己好像并不能就这样给生活按下暂停键,撇下所有去读书。

其实一个人最好不要有梦想,有的话就一定要实现。因为梦想这种东西,落空起来这么痛。她自己经历过,不希望自己的孩子再经历一遍。

陈落芽在外头晃到十点钟才回家,客厅里有些凌乱,桌上有打翻了的赤豆汤,杯盏狼藉。

"太后?"陈落芽怯怯地喊。

"嗯。"

陈落芽跟着那声音进了厨房,苏丽珍正在洗碗。

"她们走了啊?"

"嗯。"

"她们来干什么?"

"来劝我们不要供你去留学。"

"啊?"陈落芽脸上露出一丝担忧,"你不会被说动了吧?"

"确实挺贵的,对于我们家来说的确是很大一笔钱。"陈落芽听着,脸上露出了紧张的表情。

"但你是我的小孩,这事我说了算。"苏丽珍洗完最后一只碗擦了擦手。

"真是太睿智了。"陈落芽握紧了小拳头,咬着下唇用力点头。

∽ 5 ∾

出国那天,陈落芽过关的时候很快转身进去,也不回头看送她的人。

她揣测，此刻苏丽珍应该看着自己的背影骂白眼狼，骂她是个圈到钱就六亲不认的冷酷女儿。陈落芽觉得苏丽珍的样子一定很好笑，伸手揩掉眼角滚出的泪水。

她从前常要应付苏丽珍丢给自己的各种状况。小时候腿短，跟不上急性子大长腿的苏丽珍，有很多次苏丽珍上了公交车，而陈落芽没能挤上来，只能被孤零零扔在车站，看着载着苏丽珍的车远去，默默地乘下一班车到下一站与她会合。

她那么凶悍，在大庭广众下胖揍陈落芽："不是说了不要松手吗！"

中学的时候念寄宿学校。家长会上苏丽珍只顾和别的家长聊天，陈落芽拿胳膊捅她，被不耐烦地拍开接着聊。完全没有注意到已经渐渐安静的教室，准备开讲的老师和在等她说完的所有人。陈落芽觉得很尴尬。

高中的时候，陈落芽被跋扈的富家女同学欺负得几乎崩溃，每周回来跟苏丽珍哭诉。苏丽珍冷酷地告诉她要自己处理，要像个理智的成年人那样："你要忍住，马上要高考了。"

开始挣钱了，苏丽珍非要看紧陈落芽的钱袋子，不许她买这买那，不许她奢侈浪费。

"你要那么多衣服干吗！"

"口红买那么多根是用来吃的吗？"

"出去念书不用花钱啊，我看你到了美国喝西北风！"

小时候，人是不是都有这样的愿望：有朝一日要离开父母独立生活，要洋气地去看看这个世界，要拿很多钱堵上他们的唠叨，要和他们划清界线，千万不能活成他们那副俗气的样子。

"做太后的孩子很辛苦,可是做我的太后也不容易吧。"

陈落芽坐着电梯往下走。她不敢回头,而背对着她的太后,泪流满面像只小熊一样嘤嘤哭了起来。

第十章
玛丽·不太苏

终于这个世界压在她身上的重担
像雪糕渍那样
可以被拭掉

美杜莎并非生来就是蛇发女妖,她原本是美丽温柔的少女,有一头缱绻茂密的长发。

她的美丽让男人们沉醉,即使是神也无法拒绝。

海神波塞冬无法自持,在雅典娜的神殿上强奸了她。

她的美具有毁灭的力量,让神也难逃堕落。雅典娜对这种力量感到忌惮,于是把美杜莎的长发变成了毒蛇。让她的双眼发出骇人的绿色光芒。如果有人和她对视,就会变成石头。

少女变成了女妖,最终被英雄斩杀。

以上是美杜莎传说的众多版本中比较冷门的一个,出现于较晚的罗马时代。

李玛丽在大学三年级的性别研究课上第一次听到这种说法,当即觉得十分可信。

美杜莎时常出现在她的梦中,不是满头毒蛇、眼睛发着绿光的女妖怪,而是妩媚又愤怒的女人,愤怒里面还带着隐晦的委屈。

没有谁记得，她其实最初是受害者。

眼下，距离李玛丽重新认识美杜莎已有十年之久。

在过去的十年里，她每天早上都在 6 点 59 分 59 秒准时醒来。

"醒来"这件事情上，她与宇宙苛求着精密的同步。一个人的睡眠时间如果精确且短暂，那其实是一件痛苦的好事：复杂多变的人生里又多了一件可以量化的事情，这是桩成就。

她每天 7 点 15 分准时出现在厨房，把一片含水量 85% 的吐司烤到 5 分黄，花生酱和草莓酱对半。这个习惯保持了很多年，贯穿大部分男朋友们的任期。复杂多变的人生里又多了一件恒定的事情，这也是一桩成就。

当然并不是所有人都能够欣赏这种毅力，与她同住的少女就很讨厌。

"你每天都吃这个，真恶心。"现任男朋友正值青春期的女儿鸢尾花对着垃圾桶呕吐，大声地咂嘴。

"得了吧，你吃这个长大的。"李玛丽咬着硬邦邦的吐司边，面无表情地回答。

"碧池。"十几岁大的混血小姑娘阴鸷地盯着玛丽，"和你睡过觉的男人多到数不过来吧。"

"是啊，你父亲也是其中一个。"玛丽掸掉手上的面包屑，挎着招摇的 CELINE 大蝙蝠向大门口走去。

经过鸢尾花的时候，她用一种恰好两人能听见的声音认真讲："如果有性生活的话，记得让男人戴安全套。你这个样子很容易让别人误解你怀孕了。"

鸢尾花不愧是颇有前途的小蛮物。她一头把玛丽撞到墙上，用那张刚刚呕吐过的嘴对着她胳膊一顿狠咬。

佣人们吓得够呛,上来生拉硬扯都没能把疯狗一样的鸢尾花拽下来。等她咬累松了牙关,玛丽的胳膊早就血肉模糊了。

耳朵里充满了鸢尾花的叫嚣和佣人们的惊呼。玛丽神志不太清楚,望着疯狗一样的鸢尾花,从脚底心升起一股由衷的欣赏。

如果遭受侮辱,定要奋起英勇。

李玛丽见不得血,这样就晕了过去。

再醒过来的时候,急诊室的医生正拿着手电筒扒她的眼睛。

她强打起精神看了看墙上的钟,意识到自己错过了早上的三个会以及飞往上海的航班。

混沌中她记起这样一句话:女人这个身份在少女看来,是一种诅咒。她们一度顽强抵抗成熟形态的到来。

1

鸢尾花不喜欢玛丽,但是原因并不明了。

麻药没过劲,玛丽的神志有点不太清楚,看医院里的每个人都觉得有点熟悉。那高挑漂亮的黑发女护士,五官深邃有点像她娘贝蒂苏;亚裔住院医师长得像她的表姐芽芽,傻乎乎的小柴犬,被坏男人牵着鼻子走。

"你觉得怎么样?"急诊室的主治医生隔着口罩问她,"有没有不舒服,头晕?恶心?"

"如果头晕恶心代表什么?"

"什么?"

"如果头晕恶心代表什么?为什么我应该要觉得头晕恶心?"

玛丽不耐烦地问他。

"我处理伤口的时候用了麻醉剂,虽然你没有药物过敏史,但还是要确认一下。"高大的男医生耐心地跟她解释,"这种麻醉剂的副作用其实不只是头晕恶心。"

"你太有耐心了,不适合在急诊室工作。"玛丽闭着眼睛说道,"所以还有哪些副作用?"

"还有发狂。"

玛丽认真看了一眼男医生,觉得有些眼熟,可他戴着口罩挡住了大半张脸。她使劲想了想,记不起来他像谁。

不一会儿,有几个警察闯了进来。原来家里有个佣人报了警,咬人这件事不再是内务。

"虽然她是未成年人,但是造成了严重伤害,我们建议您请律师向法庭申请人身安全保护令。"

玛丽摆了摆手,任凭警察怎么劝说也不搭理,盖着被子兀自睡去。到了傍晚的时候,她在欧洲出差的男朋友崔斯坦出现在视频电话里,指着佣人把鸢尾花领来,在她床前道了歉。

"她只是心情不好。"玛丽对着电话那头的男朋友妩媚一笑,"我小时候也是这样的。"

"你真是天生的贱人。"鸢尾花凑到她耳边恶狠狠地说,"别指望我会感激你。"她对着镜头的方向用力扯出夸张的天真笑容,使劲抱住玛丽。

隔着外衣的纱布下,伤口被鸢尾花箍得太紧,又绷出些血来。

"你为什么这么恨我呐?即使没有我,也会有别人占据你父亲的生活。"玛丽微笑着问鸢尾花,"总有些功能你是替代不了的。"

2

没有了麻药加持,玛丽的睡意被一阵阵的疼痛逼醒。凌晨2点的病房里,周遭开始清醒起来。

她置身在一片茂密的雨林中,周身有奇异的香气缭绕,鸟雀的叫声欢快,黑暗不知何时被一片强光驱散。一只巨大的兔子坐在她的怀里,默默望着。像复活节的兔子那样,它捧给玛丽一个装着琳琅满目糖果的篮子。

"小姐,挑一颗吧。"它龇着大兔牙,"这里有你人生的馈赠。"

玛丽伸手拿了一颗包裹在紫色绸纸里的糖果,又被一颗绿金色糖果吸引了注意力。

"不不不。"兔子把胖乎乎的身体挡在她和糖果之间,"你只能拿一颗。"

"你不能什么都想要,"兔子的眼睛闪闪发光,直勾勾地望着玛丽。

"我应该选哪个?"玛丽在紫色和绿色之间摇摆不定。

"你知道的。"兔子笃定地说。

玛丽手里忽地就攥了颗糖,她好像并没有看到糖纸的颜色。

"遗忘才能开始。"兔子凑到她耳边说,用力在她额头嗑了一口,留下两颗深深的门齿印。

玛丽又睡了过去。

光线又变成了病房里的人造冷光。耳边仪器声嘈杂。医生护士们都很忙碌。不断有人在她身上动手动脚。所有的人和物身上都罩了层白色的光。

那戴着口罩的医生又拿着手电晃她的眼睛。他靠得太近,整个人像海豹一样匍匐在她身上，实在讨厌。

她想出声叫他滚，想挥手推开他，却根本动不了。

"该死，病人对麻醉剂常见成分过敏。血压降了，快！"

一时间急症室里各种大呼小叫此起彼伏。李玛丽两只眼睛已经露出了鱼肚白，失去了意识。

3

一片白光里，李玛丽看见两岁半的自己跟着刚念小学的表姐陈落芽蹦蹦跳跳地往弄堂门口的烟纸店走。上海的夏天黏腻之余也是有轻快的，假如你正走在吃冰的路上。

她们的外婆苏拂晓女士是个讲究的老太太。所谓讲究的意思是，比别人过得稍微惬意一点。

举个例子来说，那时候弄堂里小孩平均一天的冷饮费是一块钱。除了三伏天，一周不能天天吃，撑死也就吃个四五天，一周也就花个五块钱左右。

苏拂晓女士家境况就讲究些，两个外孙女每天都有一块钱的冷饮费，一周给足七天。比平均水平高出了不少。

不过即使是这样，李玛丽还是过着一周吃一次冷饮的生活。她那时年幼，只有附议的份。陈落芽为自己做决定的时候，也习惯性地把玛丽一块儿算上。这位丧心病狂的小姐姐会一次性花五块钱买一种昂贵的雪糕，然后在剩下的日子里靠喝凉白开加冰块打发。

那种雪糕外面有一层坚硬的巧克力外壳，一口咬下去嘎嘣脆响，满足倒是真的很满足。

可玛丽也困惑，为什么自己不能像其他小孩那样，每天都有冷饮吃呢。她认真地问过一次陈落芽，关于每个礼拜冷饮费的分配问题。

"憨大，伊拉每天切五毛钱一根的盐水棒冰有啥劲（傻瓜，他们每天吃五毛钱一根的盐水棒冰有什么意思），剩下来额钞票也就够多买两包小浣熊。"陈落芽舔着雪糕，脸上露出鄙夷的表情。

"没出息。"她又凶巴巴地补了一句才解气。

"要切就切最好额（要吃就吃最好的），做人要有追求啊，要睚眦必报，不要狗屁倒灶。"她学着大人的语气，故作严肃地说。

玛丽手里攥着吃到一半的雪糕，琢磨着陈落芽的话，觉得似乎太有道理。雪糕顶不住热气，化成了一道细流，滴到了她的碎花小裙子上。

"哎哟，小憨大，侬发啥憨，快点揩清爽（小傻瓜，你发什么傻，快点擦干净）。"陈落芽丢给她一包纸巾，跷着脚继续嗒雪糕。

几年以后，玛丽跟着她爸妈搬去美国，在超市的冰柜里看到了小时候一周吃一次的那种雪糕。那种雪糕在美国叫 Magnum。再后来，父母离了婚又各自结了婚。她两家轮流跑跑，零花钱涨了好几倍。Magnum 的身价变得十分平易近人，她却再没吃过。

很多事情小时候看和长大了看完全是两种逻辑，很难笃定怎样讲更对。陈落芽的名言玛丽倒是一直都记得：做人要有追求，要睚眦必报，不要狗屁倒灶。

～ 4 ～

李玛丽睁开眼的时候，眼前既没有陈落芽，也没有雪糕。

低头看见自己身上的病号服,她隐约记起自己是被鸢尾花咬伤了,给送进医院来。

房间外有人大声喧哗,似有两拨人在争吵。

玛丽零星听到几个词,在说什么"起诉""医疗事故""道歉"之类的话。屏息凝神正想听得更清楚些,病房的门"砰"的一声被大力推开,哗啦啦进来一堆人。

若干护士、口罩主治医生、不认识的西装男,以及本应该在欧洲出差的男朋友崔斯坦。

"What?"玛丽看着一屋子的人有点发蒙。

崔斯坦上来扶住玛丽的肩。

房间里的气氛极为尴尬,沉默之后有个声音不合时宜地冒了出来。玛丽认得这个声音。

"入院的时候,我们反复核问过她,没有过敏记录。而致使她过敏的成分在麻醉剂里十分常见。"

"你们这是在推卸责任,当时的情况很危险,她几乎就死了。"崔斯坦不知道为什么,总要挡在玛丽的面前叫她看不到其他人。

病房里又成了鼎沸之地,那个戴口罩不露正脸的主治医生冷酷的声音不合时宜地又冒了出来。

"流程上我们没有任何疏忽,她的情况根本无法预见。发生紧急状况后,我们也妥善处理。恕我直言,我们做了所有该做的事,也没有任何处理不当,以及她还活着。"

一时间房间里又安静了下来,所有人都在认真咀嚼"她还活着"这句话。包括李玛丽自己。

"我觉得你说得挺有道理的。"玛丽说。

"亲爱的！"崔斯坦有些意外，"这件事我来处理。"

玛丽倒是不买账起来："为什么我不能为自己的事情做决定呐？"她翻身拉过被子盖上，"我知道自己在说什么。"

崔斯坦板着一张绿脸，没有说话。众人于是又乌泱泱地退了出去。口罩主治医生走在最后，他路过玛丽身边的时候还说了句谢谢。

玛丽"嗯"了一下仍旧闭着眼。

她心里琢磨着，在过去的某处自己应该见过这个主治医生。可是她看不清口罩下的脸，不论怎样回想，都是一片模糊。

崔斯坦最后离开她，在她耳边讲明天要转院云云。

"为什么？"玛丽一个翻身又起来盯着崔斯坦看。

"因为我要告他们。"崔斯坦脸上挂着陌生的狠厉。

"你能不能讲点道理！他们没有做错什么，有这些时间为什么不去管管你的宝贝女儿，如果不是她咬了我一口，后来的这些事情都不会发生了。"

崔斯坦突然过来抱住了李玛丽，那拥抱太紧，她觉得骨头都要给他掐碎了。玛丽对这种感觉很熟悉，一种对于失去的恐惧。于是她忽然就凶不起来了，轻轻地抚摸男友的背。

也不知道崔斯坦究竟是怎么了。她这位头发灰白、五官立体的男朋友此刻散发出一种白头鹰一样的气质，与平日里温和的模样判若两人。

"不管我做什么，你都听我的，相信我好不好？我是一定要护住你的。"他最后在她耳边这样说道。

5

苏家奉行散养政策，导致后代长大后都是到处跑不汇报的主。天涯各自奔走，生死不必相告。

像玛丽这样在该出现的时候失了踪，在过去也屡有发生，并不能引起什么慌乱。

过了几天之后，她的亲娘贝蒂苏和陈落芽才意识到似乎发生了点什么，陆续视频探视她的死活。

"她咬你是因为怨恨你从她母亲手里抢走了她父亲？"上海此时正是半夜，陈落芽一边吃着泡面一边加班，试图用剩下的脑子分析出玛丽被攻击的原因。

"她四岁的时候父母就离婚了，那时候我十四岁在DC念中学。"

"又或者她比较喜欢她父亲上一任女朋友，青春期的荷尔蒙水平也不稳定。"陈落芽又换了种假设。

"继续猜。"玛丽懒懒答她。

"Well，著名精神科医生爱女发疯攻击其父女友。听上去可以拍100集家庭伦理长剧。不过……"陈落芽在镜头里调整了一下姿势，把腿搁到桌子上，"你真的一点阴影都没有吗？出院后继续和那个小姑娘住在一起？"

"说起来你也许不信，实际上我非常同情她。"玛丽认真讲道。

"我倒觉得你应该调查一下这个孩子。如果她真的有问题，那及时纠正也总是好的。"屏幕另一端的陈落芽也认真地讲道。

李玛丽没有回答。她想起自己手机里有一个文档，那是秘书在两个月前给她发过来的资料——鸢尾花的调研档案。犹豫良久，她还是没有打开那个文档。

李玛丽的父母,贝蒂苏和乔治李在某种意义上属于同一种人,尽管他们从来不承认这一点。

爱情在这类人的生活里享有至高无上的地位。在乔治李的大半生里,他的爱都是贝蒂苏,而贝蒂苏的爱在别处。李玛丽很小时候就看穿了这一点,然而故事的高潮波涛汹涌,那浪花还是拍痛了她。

那时他们搬到了DC,住在郊外的一栋大房子里。房子的周围种满了橡树,草丛里住着大群肥胖的松鼠。玛丽很喜欢看松鼠们成群结队。她那时不太会说英文,玩伴们又全在上海,带到美国的玩伴只有一只长毛兔子玩具。

"你们天天待在一起,多开心。"她用上海话同华盛顿的胖松鼠讲。

她喂它们吃中国城买来的香瓜子,怕它们不会嗑,一粒粒咬开,把亲手剥出的瓜子仁捧到松鼠面前。

可西方的松鼠好像并不能欣赏东方的炒货。

这也在情理之中,但是小朋友还是难免觉得失望的。这里的一切都和自己格格不入,这叫李玛丽心凉。她抱着兔子站起来匆匆往房子里面走。瓜子仁散了一地,落入松软的泥土里窸窣的声音,她一直都记得。父亲的车不知道什么时候出现在房子前面,他那天回家比往常要早得多。

她还记得走近房子的二楼,那段轻声细语的对话声。

贝蒂苏和一个陌生男人的对话。

玛丽不明白对话的内容,却感受到了一种隐秘的兴奋,悄悄掩在过道里。她感到自己身处在一个巨大的游戏中。她的父母真是有趣的人。

"啪"的一声，是抽打肉体的声音。紧接着又是"哗啦"一下，什么清脆的东西被打碎，散落一地。

乔治李从卧室里面出来，两眼通红像一只发怒的公牛。他看见了躲在角落里的玛丽。

未及李玛丽反应过来，她就被父亲一路抱下楼塞进了车里，一路远走。她再次见到贝蒂苏是在法官的办公室，和蔼的黑人老奶奶请她吃巧克力，还问她想和谁在一起生活。她嘴里吃着甜食，心中却十分忐忑，咀嚼着这个充满恶意的问题。

然后她就开始了颠沛流离的生活，在父母各自的新家庭里轮流住，直到长大成人独自生活。她练就了一种蛮横的能力，不论多复杂的行李，永远能在 10 分钟内打包好；不论多迷恋，没有三分钟之内不能割舍的东西。

多年后在三藩，已经成年的玛丽从陈落芽那里听说了关于当年的真相。贝蒂苏发现乔治李和自己当年的分手事件有关，且和自己的母亲苏拂晓联手作假了一场婚姻。

尽管一切皆在爱的名义下，但是贝蒂苏仍觉得手段下作，连带着那爱也很下作，即使身处这份爱中。偏巧她还一直惦念着自己的前任。

玛丽听得心不在焉，忽然想起那只从上海带到 DC 的兔子玩具在某次迁徙的旅途中下落不明，而她甚至记不起来拥有它的最后片段。

6

玛丽出院回到家的时候，鸢尾花正在厨房呕吐。呕吐的间隙鸢尾花对她龇牙咧嘴，扬言要把她撕成碎片。

玛丽对着鸢尾花妖娆一笑，又对她说了些自觉得体的话，大抵是"我真羡慕你还拥有愤怒"之类，被鸢尾花视为赤裸的挑衅，遂扑之。

"你究竟对我有什么不满意？"玛丽问。

鸢尾花骑在玛丽的身上剪住她的双手，开始抽她耳光。玛丽被抽得脑袋嗡嗡作响，满眼冒金星，却发出不屑的笑声。这显然是会激怒鸢尾花的，果然她狂劲大发，下手越发重了。

此时崔斯坦踏进了家门，他被眼前的景象惊呆了，冲上去拉开发疯的鸢尾花，抱起瘫在地上不省人事的玛丽，听见她喃喃地好像在说"不要怪她"，像是对他讲又像是自语。

二十分钟后，玛丽又进了医院。这次她被鸢尾花压倒在地上，撞出了脑震荡。急诊室负责接待她的仍旧是那位总是戴着口罩的男医生，名牌上写着他的名字：Lee。

Lee整个人伏下来拿着手电扒开玛丽的眼睛检查。那手电的白光射进来，李玛丽一哆嗦，浑身的汗毛立起来。熟悉又恐惧的感觉伴着压在身上的气又漫上来，混着血的腥气。一件多年前的旧事和眼前永远只露半张脸的医生突然联系到了一起。

玛丽问Lee："你记得我吗？"

"记得，你两天前才刚刚从这里出去。"Lee平淡地答她。

"不，六年前。你记得我吗？"玛丽又问。

Lee没有回答。

Lee 或许不记得她了，还改了个名字，但她怎么可能忘记这个人呐。

六年来，她想躲到人海的深处去掩埋的气味，可那道阴影还是在茫茫俗世里找到了她。

7

乔治李和贝蒂苏离婚后轮番照顾了李玛丽几年，后来乔治李升职去了南亚做首代，玛丽就被送到了东面的姑姑家寄养，直到高中毕业。她十八岁进了那所东岸远近闻名的学府，年年有全额奖学金傍身，甚是体面。

生活是阳春里的白日，看不出任何不祥。如果单从外表或者行为判断，很难看出李玛丽的童年和青少年时期过得其实极其压抑。

和姑姑一家在一起时，她总是很小心。

外出吃饭要避开太贵的吃食，多点鸡少点牛；买衣服要永远比 cousin 便宜；洗完澡要记得拾起来落在浴室地板上的头发和体毛。

不能跟黑人约会，西班牙裔、印度裔、印第安人……只要是皮肤颜色比她深的通通都不行。

纵使父母给的月钱不少，也抹不开寄人篱下的眼色，一切都要小心翼翼。

乔治李其实没什么出息，离婚后整个人一蹶不振了好几年。姑姑觉得那都是贝蒂苏的错，连带着对玛丽也没有什么好脸色。玛丽便把自己养成了一只龟，缩在壳里。

她在男女之事上也十分落后，即使是在破处甚早的美国。高中毕业时，她是年级里仅有的两名处女之一。除了她之外，另一个是虔诚至死的天主教徒。玛丽一直以为她的贞操会保留到结婚，像贡品一样留给未来的丈夫。

当然，这听上去有些变态的想象，只是她的"以为"。

如今二十六岁的李玛丽依然时常梦见那个晨昏交替的时刻，入学第一年的春季嘉年华。

沾满露水的草地冻得她瑟瑟发抖，僵硬得像一块石头。那个人压在她的身上，一双手来回游走扒掉她身上的衣服。

她像一条待宰的白水鱼，光着身体倍感耻辱。她听见自己准确清晰地说出了"不要"，拼命挣扎，但是他人罔顾她的意志，强行进出她这具身体，像淘金时代的疯子、野蛮人，任意破坏。

结束后，那个人心满意足地躺在她身边，居然两眼流着蜜一般地望着她，好像刚才是一场你情我愿的事。

周围到处是躺倒的肉体，偶有交叠。像极了战场上横陈的尸体，若非还有喘息。欲孽的气味令人作呕，玛丽的手指抠到身下的泥土，觉得尚且干净些，顺手抹向流血的私处。

"要不要再来一次？"他笑着问她。

玛丽光着身体挣扎着站起来。那人伸手扣住她的脚踝，他的力气很大，不费力就又把她拽倒在地上。她在草地上颓然地蹬着腿亦是徒劳，渐渐失去力气。直到摸到了不知是谁落在一旁的高跟鞋。那鞋子上竖着一根根铆钉，像一张长满了利齿的嘴。

人类手指的纹路有丰富的神经，是最敏感的区域之一。她摩挲着那些凸起的钉子,每摸一下,那些钉子都在她的心上微微一扎,也就用了千分之一秒便陡然下了决心。

玛丽抄起那高跟鞋,像海豚那样敏捷地翻身,扑上去对着那个人猛砸。钉子扎进他的脸,嗷嗷的狂叫和血都没有唤醒她的理智。

她一直一直敲打,钉子也穿透了她的皮肉,她的血和那污浊的血流到一起,分不清彼此。

这个世界就再也干净不了了。

8

强奸在物理形态的本质是针对身体暴力伤害。

假如走在街上不巧被狗咬了,人尚且知道要清洗伤口,简单包扎,去医院打狂犬疫苗,不要喝酒。身体伤害会带来机体上的痛苦,但不是精神上的摧残。

但这种暴行是关于性的抢掠,而性的本质是权利。你被剥夺了对自己身体的控制权,这是一种耻辱。这种耻辱会影响理性发挥正常的干预作用。受害者的屈辱感一直矗立不倒。

玛丽在医院里住了两周,被安排看了心理医生。平生第一次觉得自己和乔治李、贝蒂苏分开生活是如此体贴的安排,如果她的人生里注定有这样的暴击。她的精神水平非常稳定,除了身体上隐秘的不适感,那件事在她身上没有残留任何余味。甚至在病床上考完了 3 个 mid-term,成绩单上多出三个 A+。

"你确定不想让你的家人知道?"社工和警察反复和她确认。

"不想。"她斩钉截铁地回答。被送进医院的时候她是清醒的,一直在跟人说不要联络我的家人,不要。

西方社会就是这点好,尊重个人意志,不想要的事情也没有人打着为你好的旗号忤逆你的意志。

一个月后,李玛丽恢复如初。一个人出了医院,兀自回到了从前的生活轨道上继续自转。

她陆续交往了很多人,性已经不再是禁忌。与各色肉体纠缠里,也许是一条自我修复的密径。唬人的平静下,像潮喷一样的怀疑需要平复。

不要与人说,不要予人知道,在那之前她有太多的事情要做。

她要找到、拾起流落在外的碎屑,要一片一片把自己粘好,抬头挺胸地度过余生。

9

李玛丽遇见崔斯坦时,正在街上漫无目的地走。十五分钟前,她刚和第十五任男友分手。

那是个硅谷长大的印三代天才儿童,餐餐都吃黄油烤制的馕,喝毛熊国的劣质伏特加。这天他吃着馕,漫不经心地说出希望她穿上沙丽跟他结婚,说完后十分自然地打了个饱嗝。玛丽想了0.5秒钟就断然拒绝。两人甩甩头发就此分道扬镳。

玛丽在街上走着并不觉得伤心,一转角被人喊住,抬头发现是很久未见的心理医生崔斯坦。

他们也算是故人,打算一起喝杯咖啡。结果这杯咖啡喝了三天三夜,在一起也顺理成章。

这段关系维持得挺久。当你和一个人维持一种长久的联系时,

"爱"这个字眼就很难概括一切。比较接近的描述是,崔斯坦可能是这个世界上最适合玛丽的人。

作为精神科医师,他治疗过创伤后的玛丽。他在玛丽的案件里替她作证,努力证明她的攻击是出于被强奸后的自卫。

玛丽的案件并没有得到公正的解决。凶手提交了精神病例最终被轻判。

但过程中她对崔斯坦有种类似感激的情绪:这世界上有个人确切知道她曾经遭遇过的一切,而不流露出过分的抱歉。

但她并不会对人披露所有,包括崔斯坦。比如现在,她侧躺在病床上伸手摸着枕头下的小口径手枪。这把小巧的手枪是崔斯坦给她防身用的,一直放在首饰盒里。

门依旧在 9 点 50 分精确地打开,熟悉的声音走进门来。

"感觉怎么样?"

"很好。"玛丽悠悠地坐起来,从枕头下面抽出手枪,指着 Lee,"把你的口罩摘掉。"

Lee 愣了一下,伸手摘掉了口罩。那张脸上的皮肤斑驳不明,疤痕即使已经愈合,可新长出来的肌肤总是颜色怪异,十分容易分辨。

玛丽握着枪的手微微颤抖,羞愤中夹杂着莫名的狂喜,忍不住笑出声来。

是你,我找了那么久,杳无音讯的你。

Lee 的脸上透露着迷惘之色,似乎并不知道玛丽在说些什么。

"恶人的脸怎么配得上无辜的表情。你不记得了吗?"玛丽亦步亦趋,拿着枪把 Lee 逼到墙角,"六年前那个晚上。"

"我真的不知道你……在说些什么。"Lee 紧张起来,举起自己的双手。

"可我记得很清楚,你做过的一切。即使你化成灰烬,我也闻得出灰的味道。这个世界欠了我六年的东西。"

玛丽冷笑,举起枪对准 Lee,扣动了扳机。

"砰"的一声,白墙上多了道猩红的血。

这世界哪有什么正义,不然替天行道这种词怎么会被发明出来。

10

因为故意伤害罪入狱一年的李玛丽在踏出监狱大门的时候,崔斯坦正在五米外等她。回家路上他们把车停在了充满雾气的国家公园,他去路边的小店里买了 Magnum,两人坐在车里慢慢食。

Lee 并没有死,但已无可能再做医生。玛丽一枪打穿了他的手掌,那里神经丰富,打击面巨大。

"我打中他之后,他居然还在装傻,说想不起来我是谁。"玛丽说得手舞足蹈,嘴角蹭到了雪糕渍也不知道。

"有件事,其实你应该知道。"崔斯坦突然严肃起来,"严格来讲,Lee 并不是当年侵犯你的人。"

玛丽脸上露出惊惶,又干干地笑了几声:"你说什么呐?"她嗔怪地说,不敢相信自己听到的一切。

"这很难相信,但的确是真的。"崔斯坦扶住玛丽的肩,"Lee 有双重人格,他的另一重人格叫做 Finn。Finn 是伤害你的那个人。那天晚上你把他敲成重伤昏迷,待他清醒后,Finn 的人格不知所踪,而法官也没有办法把 Lee 作为定罪对象,所以当年你才会败诉。

我对你当时的精神状况没有信心，而你当时全程都没有参与庭审，所以……我把真相压了下来。"

玛丽的眼泪流下来。

"但我没有想到的是，你居然是这样睚眦必报的人。而你居然也在六年后再次遇到了'罪犯'。不管住在里面的是哪个灵魂，他们共用那个肉体。我原本打算帮你完成这件事，但你出手太快了。我能为你做的，只是把你伪装成一个创伤障碍患者，我甚至举证你和鸢尾花发生的那些冲突来证明你的状态不稳定，让你尽量免于惩罚。但是李玛丽，你现在已经被评估为精神病患者。这是我的错。"崔斯坦轻轻拢住玛丽，在她耳边说，"你做得很好了，现在开始，忘了那件事吧。我们去一个新的地方生活怎么样？"

"那鸢尾花怎么办？其实我背着你查过她。我知道她不是你的女儿，她是你前妻和她前夫的孩子。我……"

"玛丽！"崔斯坦打断她，"李玛丽，你不需要对我公开你做了些什么。鸢尾花的事情我都知道，也很感激你一直忍耐着她。你不用对我说这些背着我做的事让我讨厌你，也不要妄想这样我就会疏远你。我就问你一件事。你能不能再相信一个男人一次，相信我，让我带你离开过去？"

雪糕汁融化下来，滴滴答答，他伸手帮她擦掉。她呆在那里说不出话来。

终于这个世界压在她身上的重担像雪糕渍那样，是可以被拭掉的。

第十一章
浪子昼行

离家去国

万物嶙峋

苏老爷本名苏宙行，进入21世纪第一个十年的时候已是颤颤巍巍的老头子了。

头发仍是黑的，眉眼依稀看得出少年时的舒朗，但肉体是破败的。他年轻时引以为傲的狐狸眼已经扛不住下垂的眼皮，长出了犀牛般的褶皱。

当死亡接近时，人们闻得出它的味道，那是肉身破碎前奏出的序曲。

苏老爷被确诊帕金森已经十个年头，对这个年纪的老人来说不算什么。这个病其实不麻烦，不过是走路时手脚不太协调，关节僵硬，手抖个没完。

但最奥妙的变化要数内心，脾气比年轻的时候差了不止半点，按照西方的说法叫作有了暴力倾向。老了大概就是和年轻时候的样子做个对调。

这几年他不与人说理，大多数的时候憋着，实在憋不住的情况下就举着拐杖打一通。然而手举起来像抽筋的鸟腿,十下中估摸着也就能打中一两下,姿势还极不潇洒。

并不是所有人都得见他的英勇,也就是每周帮他打扫的西裔女佣艾尔莎见识过一回。

艾尔莎四十出头,已经是两个孩子的祖母。她一生贫瘠,独有腰肢丰满,讲话中气十足,每周日做完礼拜来上工就用整栋楼都听得见的音量同他说些老人院里相好的八卦。

苏老爷虽然嫌弃艾尔莎,却不会对她动手,男人是不能对女人动手的。尽管九成的时间他们都在鸡同鸭讲,可艾尔莎是如今唯一坐下来和他聊天的人,多么珍贵。

他不想看,却还是会注意到她身上那些奇怪的遮掩,翻着花样出现的新伤旧伤总是会激怒他。那愤怒从何而来他想不起来,是记忆隔着衰老在挠他的痒痒,也是对一切感到无能为力而升起的闷气。

这几周家中有个大人客居,他妹妹拂晓的外孙女芽芽路过纽约来瞧瞧他。那个孩子和这片土地上变了质的后裔不一样。年纪轻轻,身上苏家的派头一丁点不少,甚是讨他的喜欢。

可他很少能见到她。他不能去儿子家里,只好眼巴巴等着每周他们带着芽芽出来见他。两个小时吃顿饭,寥寥几语。

这天又是一个周日,儿子一家带着人客和他去下城的老唐人街吃波龙,以示体面。拥挤的中餐馆里都是周日出来拖家带口饮茶的华人,油腻的过道里多塞进一根脚趾头都觉得挤。

吃到一半,苏老爷歪过头对芽芽讲:"待会我带你出去走走。"一旁的小孙子听见了,吵着要一起跟去。

儿媳先是哄了几下，不管用就吼了起来。双鱼座的儿子一边拍着小孩的背一边战战兢兢地看着妻子，小孙子明明恐惧母亲的权威却还是扯着嗓子使劲哭。

此时此地，他们处在了一桌闹剧的中心。他是老派的人，纵使有喧嚣傍身仍旧尴尬。

眼看着苏老爷就坐不住了，心里的暴躁跑出来狂飙。他以自己最体面的速度走了出去，不挑方向地横冲直撞，走了几步听到后面有人喊"舅公"，这才停了下来回头看。

芽芽像麻秆似的站在不远处对着他笑。不知道她什么时候追了出来。

"舅公，我们走吧，带我看看纽约。"芽芽跑来钩住他的胳膊，兴高采烈地往前走。

苏老爷看了眼身边的小姑娘，和自己隔了不知多少春秋。说来也奇怪，这天下的红颜知己都长着相似的面孔。午后两点的下城，阳光终于开始和煦。

～1～

吴暮秋比苏宙行大六岁，两年前入土为安。对她来说这是桩喜事。

二十年前，她就得了老年痴呆症。这病杀不了性命，却活得没有尊严。刚确诊的时候，吴暮秋还能做点家事，烧烧小菜。可渐渐的，她出门找不到回家的路；忘了怎么关煤气，饭煮成一锅碳；握着刀对着里脊肉不知所措。事情乱成了一锅粥，她其实晓得，可是脑子忒坏了，根本无从下手。

她年轻的时候那么爱干净的一个人，一日瘫坐在他们小小的灶间里泪流满面。黄昏的阴影打到吴暮秋的脸上，苏宙行倚在门边看着她哭，也不上前打扰。吴暮秋哭得差不多的时候，苏宙行上前去抱住她，同她一道坐在地上，像年轻的时候那样。

"侬做撒啦，地板高头龌龊额呀。伐要抱牢我，撒气。（你做什么，地板上很脏。不要抱着我，烦人）"暮秋带着哭腔嚷嚷，想要拍掉苏宙行的手。

"哄哄侬呀，大小姐，哭得来眼泪水嘚嘚滴（哄哄你呀，大小姐，哭得眼泪决堤）。"苏宙行好脾气地哄着，也不管怀里的吴暮秋闹，手臂箍得紧紧把她圈在怀中。

"死腔（死样）。"吴暮秋止住了哭，苏宙行从她的嗔怪里嚼出一丝甜味，喉头稍稍松了松。

"侬伐要伤心，伐会烧饭我来烧，事体吾来做（你不要伤心，不会烧饭我来烧，事情我来做）。"苏宙行哄她，吴暮秋抱着他的胳膊又开始嘤嘤地哭。她几十年来都是极为克制的人，这一瞬苏宙行觉得她，哦不，是他们，真真正正的老了。他由她哭。那是恐惧，他晓得。

"暮秋，你不要害怕。我在这里。"苏宙行贴着吴暮秋的耳边讲，"你不要抛下我就好了。"

吴暮秋应该是听懂了这句话里的哀求，放在了心上，所以又陪他过了十几个春秋。她死后被葬在长岛上的一片大墓园里，墓碑上方有棵华盖茵茵的参天大树。苏宙行每周都要去看她，一个人，浪荡地斜躺在她身边，一躺就是一个下午。总有一天他要在这个位置一睡不醒，这里也是他的长眠之所。

午后的第一站，苏宙行带着芽芽来见自己的妻子。

"我每周都要来的。"他告诉她。

"这里的树都长得差不多,要分清楚好难。"芽芽看了圈周围点评道。

星星碎屑般的光辉透过树叶落到苏宙行的脸上,听到甥外孙女的话,悠悠醒了过来。

"不会的。"他仍旧闭着眼,微微一笑,"在一起那么多年,变成什么样子我都认得她。"他的眼前飘过吴暮秋的样子,年轻的时候、中年的时候、老年的时候、失智的时候。

接着他的魂灵也跟着飘起来,他看见自己的样子,年轻的、放浪的、颓丧的、悲伤的。他迷恋过的脸庞,纠缠过的肉体,握不住的爱情和砍断的根……他拼命追逐却错过的,生命里的一切。

2

晚饭他们在老唐人街上的456吃的,上海菜做得交关(非常)好,远近闻名。

三十年前,456还是苏宙行的产业。他是老板兼账房先生,好朋友老倪是合伙大厨。老倪其实不是上海人。他老家在扬州,吃口不同。好在他本是厨子,学得快,上海菜是苏宙行教的,在鱼龙混杂的唐人街还算独特,很快就占有一席之地。

第一道菜上来,黄油鳝丝,撒着翠绿葱花在铁盘上滋滋作响。苏宙行给芽芽夹了一筷子。

"来,趁热切(趁热吃)。"

筷子还没收回来,他就想起芽芽本就是从上海来的,不用缓解什么思乡之情。

对面的芽芽适时地喊了声:"好切。"

苏宙行回过神："好切，侬就多切点。这里的黄鳝不喂药的。"他也尝了一口，和自己当家的时候比还是差了不少。

他开 456 的时候大约中年，卖掉了台湾的房子带着吴暮秋和孩子们来美国，先是在巴尔的摩住了好几年，攒够钱就搬来了纽约做生意。在唐人街开店，住在旁边的小意大利。

好时光寥寥，那段大概可以算得上。吴暮秋很有本事，不识字、半句英文不会讲，但总是能买到新鲜便宜的小菜。犹太鱼商会给她留最新鲜的鱼和海产，意大利裔肉铺老板给她顶好的部位……以上种种导致他们家的菜比其他地方总要来得新鲜一些，尽管分量不大，但还是顾客盈门。

这也是快速积累财富的一段日子。

吴暮秋在战火纷飞里度过了大半生，危机意识很强，赚了钱也很节俭。就算是一家五口生活在寸土寸金的纽约，他们还是存下不少钱。只是后来她生了病，这些积蓄都花在她身上，又统统散了个干净。

小辈们觉得可惜。明明花几千块医疗保险可以解决的事情，结果却花掉几十万美金。这种话苏宙行是不要听的，听多了他觉得羞耻。

她为了一家人辛辛苦苦一辈子，生病了用自己的钱看病怎么了。

小时候家里的佣人同他玩闹，讲小少爷你以后娶太太千万不可以找差六岁的，大六岁小六岁都不行。六岁不能婚配，对男的尤其不好。他一直记得这个片段，和吴暮秋结婚的时候也记得。

也不知道这说法是怎么传出来的,反正他的一辈子也就这样过来了。

3

苏宙行认识吴暮秋那年二十六岁,夏天,在高雄。

不跟着邮轮远航的时候,他得空在陆地上停留几个月,在岛上香料商那里帮忙打理生意。香料商家是他祖母的挚友,家大业大,佣人众多。

在厨房烧饭的小倪同苏宙行差不多大,做的饭最合苏宙行的口味,两人要好。小倪认识的人多,什么来给先生做衣裳的裁缝,在厨房洗碗的小佣人,没有一个他喊不出名字的。

直到有天,苏宙行在前厅看见一个穿着月牙白镶玄色绲边旗袍的女人稳稳走过去。他问小倪那是谁,小倪也答不上来。

不过一刻钟后这个疑问就自当揭晓了。

"来来来,大家认得一下。新来的厨娘,做糖水甜羹的。"管家太太领着人进来的时候笃悠悠地介绍。

苏宙行到厨房讨点热水做手冲咖啡,正好撞见这一幕,小倪冲他眨巴眼睛。他从这个女人身边走过,她身段极好,栀子花味的体香清爽得很,苏宙行便逾矩多看了一眼,发现她也正在瞧他。

这大约便是他第一次遇见吴暮秋的情形。她明明是来讨生活的,却装扮得像做人客那般体面。

关于吴暮秋的八卦很快就被小倪的相好月季探听了出来。月季告诉小倪,小倪又告诉了苏宙行。

"结过婚有一个小孩,跟着老公从大陆过来也算半个官太太,不过老公是个酒鬼，前一阵老酒鬼吃饱在街上发疯，给车子撞死了。他们家都让男人败光，没什么积蓄，为了生计就只好出来做事。"

苏宙行"哦"了一声，小倪不甘心地去勾他："怎么就哦一声，你一点不好奇。"见苏宙行脸上没什么表情，小倪就自己总结，"你这样的少爷一定见过不少好看的女人，并没有什么稀奇。"

苏宙行于是又"嗯"了一声。小倪已经走出去老远，他才燃起的一点点兴趣被浇得丁点不剩。

隔年苏宙行去了趟小琉球，回来大病一场。府中大约都是没结婚的小姑娘不方便近身照顾，这责任忽地就落到了吴暮秋头上。有好几次苏宙行从昏睡中略微清醒，自己不着寸缕被一双素手搬来弄去，也不好就地睁眼。等吴暮秋看到那双烧得通红的耳朵，立刻明白了大概，麻利地收拾完退出去。

苏宙行病好了以后专程去吴暮秋家道谢，吴暮秋留他吃了晚饭，都是地道的上海小菜。两人不怎么讲话，但气氛和谐，一顿饭吃得很是愉快。等太阳落了山，再泡上一壶茶，苏宙行坐在门边抽烟，递了一根给吴暮秋，她伸手接了过来。

一根烟快抽完，吴暮秋讲，你生病的时候喊着一个人的名字。苏宙行并不接话。吴暮秋又讲，听上去是很重要的人，你应该去找她。苏宙行连抽了几口烟："找不回来了。"又问，"你家先生呐？"

"我以为你知道的呐。"吴暮秋笑了笑，"罢了，反正那些传言都不是真的。他是个酒鬼，我带着孩子跟着帮佣的主人家一起过来的。"

告别的时候，他又夸奖吴暮秋的饭菜做得好吃。吴暮秋想了想说："那就常来，不差一双筷子。"

他那时爱着别人,听过也就笑笑,转身告辞了。

4

下午四点,苏宙行和芽芽已经变得热络起来。他们坐在切尔西区日式蛋糕店,喝茶吃蛋糕。芽芽说最近研究所写 paper,命题虚构写作,写十个男人的不靠谱故事。侬活得那么长,肯定干过不少不靠谱的事情,要不侬勉为其难贡献一个。

苏宙行挑挑眉毛讲,这算什么话,我年轻的那个年代要靠谱很艰难,老天爷都不让。芽芽就在那咿咿呀呀地笑,说,舅公侬这是狡辩啊。

苏宙行呷了口茶正色道:"芽芽啊,人这一辈子很长,长到要爱很多人的。侬晓得伐?"他讲道,"我同你现在在这里吃茶,很久以前,我还风华正茂,帮交关(许多)相好的姑娘在咖啡店里也度过交关下午。哎哎哎,侬伐要笑,吾忒侬讲。"

"个么噶许多人里,侬最欢喜哪一个,是伐是舅婆啊?"

"吾最欢喜的啊……"

他的脑中走出一个人的样子,眉宇开阔气质不凡,恣意里又有一丝柔媚。长发散乱下来,像被风撕碎的绸缎,缠绕着露在外面的美丽锁骨。

她回过头逆着光对他一笑。

Akiko,几十年来,夜深人静时他念这个名字,怀念关于她的一切。

苏宙行遇见 Akiko 的时候,正在小琉球附近的小岛上潜水。他们像两条人鱼在海里相遇,尾巴拍着海水化作波浪,波浪摇曳隔着皮肤摸着心脏的位置。

"喂，你叫什么名字？"那条美人鱼笑着冲他喊，不等他回答又说，"等等，你知道我的就好了。你记住，我叫Akiko。"

"Akiko。"苏宙行跟着她念。秋子，多美的名字啊，他余生都会记得。

那几年秋天时，他的船会在这里停泊一阵子，两人就会见面。外头仗打个不停，他回不了家。

在隐蔽的溶洞深处，他们发现了一条鲸鱼的残骸，森白的骨殖是绽开的花。Akiko躺在他的怀中，她的骨贴住他的，隔着皮肤摩挲。

"这里是食道，往前是胃，我们的身下大约是它心脏的位置。"她的手很好看，骨节匀称，在他身上的纹路里来回穿梭。

那几年一期一会，有些默契心知肚明，在岛上彼此不分；离开了岛，就是陌生人。她是岛主家的小姐，他是有家回不去的浪人。

他们本就是萍水相逢的陌生人，却在造化之外生出些情意来。

"我这个人呐比较爱幻想，从前光景好的时候，我设想过千百种和心爱的女人相遇的情境，没有一种赶得上现实的惨烈。"苏宙行的声音低下来，芽芽听到冥空中不知何处飘来的悲伤，"如果要论最欢喜，还真不是你舅婆。"

他坚持用"欢喜"而不是"爱"，或是因为不堪承受那个字的重量。一抬手，喝光了最后一口茶，已有几分醉意。

苏宙行与芽芽结了账，一道去坐地铁。苏宙行站在站台边，佝偻着身体望着一片漆黑的轨道深处。

一列地铁驶过,光太刺眼惹他闭上了眼睛。再睁开的时候,眼前是一片海,背靠记忆深处的海水溶洞。和 Akiko 在一起的最后一日,她穿着血红色的长袍,半掩在黄昏里走进海的深处。他无知无欲无法判断什么将会到来,直到海风把她的告别从远处带到苏宙行的耳边。

"自此开始,直至尽头。再见,我的爱。"

又是一阵强光逼迫苏宙行闭上眼。猛一剂清醒药,跟前既没有大海和溶洞,也没有 Akiko,他站在纽约充满尿骚味的地铁站台,脸上挂着两行浊泪。芽芽上来拉他。

"我回到高雄大病了一场,常常一连几日陷入无垠的高烧中,迷糊中那日 Akiko 穿着红衣同我告别的背影印在眼前的薄纱上飘来荡去。又过了几年,我偷偷去看过她。她是个刚硬的女人,承了家业,同门第相合的高门结婚,完全变成了另外一个人,和我认识的那个 Akiko 完全不一样。不过那也许才是她真实的样子。直到她带着女儿出去,脸上有一抹熟悉的温柔。小姑娘长得很漂亮,露在外面的后颈上有一小块乌青色蒙古斑,像所有苏家女儿的一样。"苏宙行讲。

"本就是一段露水情缘,我们都当了真却又逃不掉现实。并不是我为自己开脱,可是侬晓得伐,我大半生都是白天游走的浪子,到了夜晚总是渴望一个归处,但是我的家在千里之外,有生之年都回不去了。像我这样的人是没法爱的。"

5

我十几岁大的时候,常被祖母带在身边,在南洋一带生活。

祖母是一个很曼妙的女人。作为晚辈这样去形容她并不妥当,但她的确是我一生见过的所有女性当中极其独特的一位。据说她一开始并不是祖父的正室,但他们认定对方力排众议,终于让一切名正言顺。他们在一起的时间并不长,也就十五年而已。之后祖母就守了寡,但那只是她丰富人生中另一个章节的开始。

那时我会在家待上一阵,然后去南洋生活大半年,春夏秋冬周而复始。

最近一次离开家的那天,最是风和日丽。我像往常一样和母亲还有妹妹们一起吃了早饭。拂晓和迟暮还是两个粉雕玉琢的小丫头。

迟暮十分甜美,拂晓略微严肃。不过我私以为那并不是因为她较迟暮年长的缘故。从来没有人告诉过她,那严肃同她的年纪摆在一起,是一出喜剧。

此刻我最大的妹妹星晚正和祖母在一起,她们的大船会在傍晚的时候驶进港口,那时候我就会加入她们。

我很兴奋,吃午饭的时候一个儿劲地往嘴里扒着饭,早已是食不知味。脑子里满满想着那艘大船的样子。客观地说,我一生都热爱航行,期待和这个世界的各个角落会面。母亲坐在对面不动声色地给我递了她的手绢:"慢点吃啊。"她不看着我却在对我说,手上仍旧捧着早上在读的那本书——《查拉图斯特拉如是说》。

食毕我去梳洗打扮一番,换上白衬衣、黑皮鞋,一副倜傥少年模样。一番拾掇,窜到厨房拉着从小照顾我的奶娘让她帮忙瞧着头势可还清爽。

"清爽,清爽。阿拉少爷那是最挺括。"奶娘笑得像一朵泡了水绽开的花。

傍晚奶娘去码头送我,母亲不知为什么也跟着一道来了。两个女人腿脚慢,走着走着便湮没在送行人流里,我不时回头看她们,中间已是隔了好多人。她们颇费了一些功夫才挤到我跟前。奶娘拉住我,塞给我一个还有些烫手的油纸包。

"这次路远,船上吃得不好,你嘴刁,就爱吃甜的,给你弄了些炸糖糕,赤豆馅儿的,给你过过念头。"

"哎呀,姆妈,侬还拿我当三岁小人,这带上船去要给人家笑话的。"我边说边撕了一小块糖糕来吃,被母亲打手。

"放好了,给你留着船上吃的。"母亲又叮嘱了几句,往我手里塞了本书。我听得不真切,心思已经飘到了海上。

终于上了船,趴在甲板的栏杆上,底下母亲和奶娘变得好小却还看得清楚,听见汽笛声响起,是时候出发了。船缓缓地开起,奶娘窜起身子拼命地朝我挥着手,我听见她喊我:"少爷,少爷啊……"

渐行渐远,她们终于面目模糊。一开始我还能看清母亲耳畔的南洋金珠,映着她的脸庞熠熠生辉。然后那光辉扩展成了无限,母亲和奶娘湮没在一片温热的白光中。

那时我无法预见,这就是今生今世我同她们的最后时刻。从此我被破碎的世道流放在外,她们活着的时候,我们再也没有见过。

而分别那天,是如此平常的一天。

好了,现在你知道我一生的最大的秘密了。

离家去国,万物嶙峋。

6

芽芽离开纽约那天,苏宙行坚持去送她。

"老帅哥,侬好好保重。"芽芽笑着拥抱他。苏宙行轻轻捏了捏她的脸,认真地回抱她。

"侬要去一趟爪哇看看,那里有我祖母的遗产。留给苏家的女孩子。"他贴在芽芽的耳边认真地讲,"不要害怕去看这个世界,不要害怕去爱人。你比我有福气,总能找到回家的路。"

第十二章
告白

我不是喜欢你
我是爱你的

【Confession】

n.1. 供词、供状

2.（对自己羞愧或者尴尬之事的）承认或表白

3. 声明、告白、表白

4.（天主教会等的）忏悔、告解、做神工

——摘自《柯林斯词典》

苏宙行向陈落芽提及爪哇后的第六年，她才第一次得以踏上这片土地。

大概是机缘到了趟伐牢。三个月前，一封来自印尼三宝垄市政厅的信寄到了上海苏家。信中说苏家的先人苏婉女士借给当地使用的"私人物件"如今租借期已满，希望苏家后人能够前去接收。

苏家到了陈落芽这代，并没有姓苏的继承人。在陈落芽不知情的情况下，她被小姨贝蒂苏、表妹李玛丽以及亲娘苏丽珍全票通过，委派到印尼处理这桩外交事务。

第十二章 告白

苏婉是谁陈落芽毫无概念。她对这位祖先一无所知。临行前向亲娘与小姨请教这位祖先与自己的关系。

"是你外婆的奶奶,也就是我们的太婆,你的……总之是老祖宗。"苏丽珍试图给她讲解,扳手指数辈分,晕头转向。

"总之是个美人。"贝蒂苏 always 适时总结,"她好像有个闺名,叫拂花。"

随信寄来的有一张发黄旧照片的翻印品,窈窕的美人穿着拖地的洋装斜倚在被热带植物包围的沙发上,眼神睥睨。她脖子上的硕大宝石经历百年,透过粗糙的纸张仍旧在倔强地发光。一团昏黄里风景大好。

这位祖先的傲然神态一下子就勾起了陈落芽的好奇心。拂花这名字又起得颇有韵致,一听就有别于流于媚俗的莺莺燕燕。

陈落芽这个人为数不多的优点里,有一条叫作"心大",还有一条叫作"记性伐大好"。她一旦见到起兴的人或事,就会很快忽略之前的冤仇。于是欣欣然忘了自己是如何被全家给坑了,头顶着苏家第五代小姐的名头踏上这趟去爪哇的旅途。

"到了那里介绍自己,要说自己姓苏啊。"送机的时候,陈落芽被两个女人这样交代。

可苏落芽多难听啊……她嘴上答应却在心里比画着,有点忧愁。

∽ 1 ∾

这趟旅途的确是特殊的,特殊到她身为空中飞人,仍旧吓出一身冷汗。

飞机终于沉重落地的时候,她伸手抹了抹额头上的汗。窗外天气大好,不见浮云。殊不知,恰恰是这晴空万里藏有无形的危险,刚才飞机就是在无云的蓝天里遇见湍流,大肆进行花式表演。有几次失重的急坠,逼得不少人把隔夜饭都呕出来献祭。

　　即使身在头等舱的人,也不过是些平凡的肉体,不能幸免。那气味实在感人,以至于陈落芽就算是晕头转向,仍旧勉强站起来想要快点下机。她脚跟还有些软,一个趔趄就要栽倒,幸好被人扶了一把。

　　扶她的那人身形高挑,长腿赏心悦目,看着还有点眼熟。她晕归晕,依旧不忘贪恋美色。

　　"谢谢。"真是好姿容,她在心里品头论足,眼睛却发直盯着自己的尖头高跟鞋。她的头还是有些痛,迟疑要不要把鞋脱下来。

　　"小姐啊,你让个路啊。"身后不知什么时候多了个着急下机的南方土豪,拿肥手指戳她的腰窝。这是她的死穴,懂她的人自然晓得。她伸手附在左侧的腰上。隔着衣服那里有一条像蜈蚣一样的疤,刚才没由来的"突突"跳了两下。

　　"我说你到底走不走啊!神经病。"土豪重重推了她一把,陈落芽本就没有站稳,如此便直接被推到了地上。机舱里这下乱了套,所有人先是愣了一瞬,但似乎没有人想起来要去扶陈落芽。空乘一窝蜂去拦了那土豪,以防他再做出些什么。

　　像她这样的自强癌晚期患者,自然并不稀罕别人来扶。可挣扎了好几下没扑腾起来,估摸着应该是拧到了筋。此时土豪在人墙内发起威,骂骂咧咧似要冲出来。

　　"有没有人可以扶我一下?"她扯着干裂的嗓子吼了几下,然而一片熙攘声中,怎么会有人听到她孱弱的叫声。

直到那双耀眼的长腿逼近,一双有力大手把她抱起来的时候,她两只眼睛瞪得像没有见过世面的小羔羊,不可置信地望向她的救世主。

这种时刻应该高兴还是难过?她忽然体会到了类似"没有信号时的电视机的内心感受"。旁人看不见,可她真切地感受到眼底冒上来的水汽。

"你这样看着我做什么?"曾盐的帅脸压得很低,隐匿的胡碴研磨着她的额头。

"没……没……你怎么会在这里?"

"没什么没?"一贯不耐烦的语气让她觉得十分亲切,"陈落芽,你是不是觉得这辈子,都不用再见到我了?怎么样,人算不如天算吧。"

"嗳,你走快些,我觉得丢人。"她把脸埋到了他的胸前。

"你又不是没有更丢人的时候。"曾盐像是抱着自家柴犬那样,故意慢悠悠地走向 VIP 通道。

2

曾盐是谁?

这个问题陈落芽很难回答。一个人是"谁",取决于这个人和被问及对象的关系。而他们之间的关系……很难讲清楚。

简单来说,曾盐是陈落芽 23 岁时一见钟情、表白失败后转为暗恋的一枚国产成年男性。这些年来,他们一直以好朋友的身份相处。

在这出匪夷所思的"机上偶遇"发生前,出于某些无法说破的原因,两人已经两年零四个月没有见面了。或者更准确地说,曾盐在过去的两年零四个月里没有陈落芽的任何消息。她就像人间蒸发了一样,在他所知道的世界里消失得无影无踪。

没有人会凭空消失。曾盐很清楚,陈落芽要么就是死了,要么就是在刻意躲避他。

在目前的全球人口基数下,两个人相遇的概率是0.00487。故意躲着一个人但是又和这个人相遇的概率,可以说微乎其微。也许老天爷都看不下去了,要把她抖出来,让他们做个了断。

下了飞机,曾盐直接把陈落芽带到自己的酒店,叫来私人医生帮她检查。这会儿医生正检查她的脚腕,手指刚刚摸上脚底心还没抓稳,她就对着人家一阵狂踢。这场面甚是激烈,医生手里的器械一一被她踹了个干干净净。

陈落芽从小就怕痒,这个"故障"熟悉她的人都是清楚的。胳肢窝、脖子、脚底心……统统都是碰不得的地方,除非那人是她的二重身,能够通过她的生物识别屏障,否则就会像触摸放电的鳗鱼,后果惨烈。叫人悔不当初,手贱要去碰她。

"对不起,对不起,实在是……好痒啊。"陈落芽抓着枕头,自己累得气喘吁吁。

"曾先生,得想个办法固定住患者,不然她很容易受到二次伤害。"医生也是满头大汗。

曾盐双手插着腰倒是胸有成竹的样子:"我来摁住她的脚,你来检查。"他这个人就是这样,想一出是一出,没等陈落芽同意就兀自坐下来,捉住她的脚稳稳捏住。

"呀!"陈落芽大叫一声,再次条件反射似的拔腿要蹬。无奈曾盐力气太大,捉她大约就像捉只小鸡。她扑棱几下,自家生物系统发现对方完全是另一级别的选手，擅自就投了诚。

陈落芽对自己满腹微词，怒其不争。可曾盐的手掌很暖，而她的脚底心有点凉，那凉意不与陈落芽商量就敞开了，让暖意拥抱了她。

人的身体，总是比人本身来得诚实。

曾盐朝医生点了下头。期间陈落芽时不时还抽个一两下，都被曾盐牢牢摁住。

"芽芽。"曾盐喊她，"不要紧张。"

这句劝对她太管用。曾盐这个人并不温柔，连哄人的时候都有一种严肃调调。可一本正经的生物，她最懂得欣赏。想来这世道相生相克，一物降一物，她陈落芽就吃这套。

谁知这种"被吃定"的快感并没有维持多久，陈落芽就察觉出不对劲来。这个念头初起时十分心安理得，但多想一分便会觉得不好。

如果你钟情的人不能对你报以同样的感情，无论心多么大的人都不能无视这种痛苦。她从前是鬼迷心窍不知回头，想明白了却只好心如死灰。

心思走到这里，她的魂灵头就从肉体跳脱出来，飘在半空中冷眼审视被曾盐收服妥帖的那个自己。待到灵魂归位的一刹那，她像是被人从头到脚浇了盆冻了三尺的水，心中有寒意也有痛意。

她的脚底突然就泄了气，松弛下来任由医生拨弄。所有的对抗忽然都没有了意义。

3

诊疗结束的时候已经是晚饭的时间。陈落芽这副模样也去不了别处,曾盐就提议去酒店的餐厅吃点便饭。她的脚踝被固定住了不能移位,两人便同酒店借了辆轮椅推了下来。

曾盐的便饭其实也不随便,花式生蚝凑满一打不过是开场;面包蟹和鱼子酱加上法国蓝龙虾又在一旁摆出个海鲜塔。陈落芽只是看了一眼就觉得自己已经饱了。

她这会儿内心平静了许多。各种水晶杯的反光下,她已经能坦然直视对面坐着的曾盐。距离他们上次见面已经过去了太久,他和她记忆中的样子,拉开了些许距离,神情有些疲倦,眼中多了些她没有见过的内容。

"你怎么也在这里,偷偷跟踪我做什么?"陈落芽先开了口。

曾盐讲:"跟踪你?我是有多闲。"

"是啊。从来都是我缠着你。今天遇到我浪费了您不少宝贵时间,对不住了。"这原本只是一个她用来调节气氛的玩笑。陈落芽的声音微不可闻,脸上飞快掠过一丝尴尬的笑。她这幅样子像极了被欺负了的食草小动物,受了委屈也不敢大声嚷嚷的那种,抱怨多了就会被天敌一口吞掉。

当然她并不知道,曾盐尤其讨厌人这副样子,尤其如果这个人是陈落芽。

"我有个画展在这里开幕……过来准备准备。"曾盐移开眼睛不去看她,"你这两年跑哪里去了,为什么到处都找不到你?"

"没什么,生了场病,搬回上海了。"她亦低下头喝了口水,假装平淡。

"搬回上海需要换电话、换 e-mail、删微信,把自己的痕迹抹得一点不剩?"曾盐忽地就有些火光了。陈落芽托着腮帮子继续喝水,下巴微微抖了抖。

他到底还是北方人,北方人都容易着急,不像她们上海人,好坏不论全是戏精,场面上端得老牢额,要有分寸要有仪式感。她腰上那条疤又开始突突地跳。要命的,居然还越跳越厉害。眼睛不受控制飘向对面的曾盐。曾盐的手也正覆在腰上,两只眼睛还是尽忠职守地、凶巴巴地瞪着她。

"我就是不想见你了。"陈落芽看到他搁在腰上的手有点心虚,但忽然就有了慷慨赴死的气魄。她咬了咬吸管,在心里又掂量一遍嘴里要说出的话,"我是说,我们,以后,都别见了。"

"你他妈是有病吧?"曾盐果然失控拍了下桌子,力道大得要命,"陈落芽你发什么疯!"

"是啊。"她咬着下唇,沉重又坚定地继续说,"我也觉得我有病。都躲你这么久了,到底在怕些什么。我没跟你开玩笑。真的,我们散了吧。"

话还没有讲完,桌布已经被曾盐一把拽下来,杯盏刀叉碎了一地。生蚝、面包蟹、鱼子酱通通作了天女散花。曾盐径直走了出去,背影发着狠劲,留下满地狼藉与一群尴尬的侍者面面相觑。陈落芽望着那背影涌出一滴热泪,亦从容不迫地伸手揩掉,好像等了很久的场面终于如愿到来。她一口大气吐出来,然后一发不可收拾地如河流奔向大海,竟有如释重负之感。侍者们没有上来收拾残局,悄悄退了出去。

这是属于她一个人的时刻,在场的人感同身受。

可谁知曾盐又折返回到餐厅,一言不发地推起陈落芽往回走。

他没有把她带回房间，而是来到这栋50层大楼的楼顶。

这是夏末，傍晚夕阳犹在。曾盐在陈落芽身边席地坐下。两人默契，看风景不讲话。等星星开始闪烁时，陈落芽长长舒了口气。

"我刚才在想，你不会恼羞成怒，要把我从楼上扔下去吧？"她像是忘记了才发生的事，开心地跟曾盐比画着这个玩笑，"你知道吧，这几年我作了好多关于现代人变态的研究。"

曾盐轻轻叹了口气伸手揉她的发顶，他绕到她面前蹲下来握住她的手："究竟怎么了？"

陈落芽眯起眼笑了一下："缘分尽了有什么好大惊小怪的。"

曾盐收起脾气道："你说友尽就友尽，有没有问过我？"

陈落芽正色："曾盐，你都知道的呀。"

曾盐苦笑了一下："我知道什么？某天一觉醒来最好的朋友突然不告而别。芽芽，就算你要跟我绝交，至少也让我知道，究竟是为什么吧？"

陈落芽被曾盐那句"最好的朋友"戳了下心，继而点了点头。这天风景恰是不错的，引得她也不介意从头到尾再讲一遍，这个关于她的单边爱情故事。

4

这年头每次接入一个新的社交产品，用户都会被要求用一句话形容自己。

每次遇到这样的情景，陈落芽都会郑重地对自己做一总结：一个磊落的人。磊落这个标签对她来说很重要。待人待己都要诚实，这是她做人的基本线。

举个例子来说,如果她喜欢一个人,那就应当让他知道,如果藏着掖着偷偷喜欢,这便不是磊落。

她对待曾盐,故而一直是磊落的。这种磊落从她笃定心意的那刻开始,就在她的身体里生根发芽,恣意生长。即便到了鸡皮鹤发的年纪,如果要选出人生无法超越的那个时刻,那也一定有她发现自己钟情于他的那个瞬间。

其实人类应该要感谢他们体会到"笃定"的所有瞬间。因为本质上这是一种人所属的生物维度极难达到的心理状态:天人合一的自信会暂时驱散关于"未知"的永恒恐惧,在黑幕上戳开一个小洞,洒下一些光明的碎屑。

陈落芽为人的历史何其短暂,区区几个这般"笃定"的时刻自然珍贵,而其中有一个属于曾盐。

她记得大学的虚构写作课上,教授讲 Freytag's Pyramid,情节的发展有固定的模式,也可称之为套路。套路反映了人类喜欢的结构,但妙人能在结构中注入情感。一颗真心才能天下无敌。

一颗真心才能天下无敌。

最后这句话她奉为天理。却不知理论终究是理论,放在现实里是要伤元气的。她的那颗真心在曾盐那里吃了闭门羹。他微微一笑就吹散了她的表白,他说:"芽芽,我们现在这样不是挺好的吗。我还是第一次和女孩子这么要好。你也别想太多。"

那时她才二十岁出头,对曾盐的喜欢还是占了上风。难过了几天后,陈落芽试图用一套"喜欢你,但与你无关;喜欢你,要出没在你触手可及之处"的理论,来合理化继续在他身边转悠这件事。她那时也的确有这样的借口,曾盐和她都去了欧洲,虽然不在一个国家,但离得并不远,都是流落在外的华夏儿女,怎么样都要常见面的。

此时在酒店的屋顶上,月亮已经完全爬了上来。两人开了瓶新酒,单宁充沛口感略涩,很符合回忆的心境。

"你大概不知道,那时候和你做朋友,其实挺累的。"陈落芽呷了一大口酒,揪着眉头闷下去,咳了好几下。

"为什么?"曾盐长臂一钩帮她拍背。

"第一,你这人不爱走,大多要别人去找你;第二,你特别爱迟到,你还记得最长的一次,我等你了多久吗?"

"多久?"

"四个小时。午后到黄昏。最后天黑了,你才打电话给我,却告诉我换地方了,叫我赶紧去。"

"有吗?"

"有。在欧洲,我们在国外第一次见面。"

陈落芽对着曾盐翻了一记标准的白眼,虽然她原本也没奢望他记得。他在类似的事情里,总是扮演伤害她的角色,怎会记得自己不堪的样子。

那时她刚到陌生的国度,寄住在贝蒂苏的朋友罗小姐家。她平日甚少出门,打扮随意。这日却很反常地请教罗小姐如何坐地铁去城市的另一边,穿衣化妆捯饬了一早上。罗小姐十分好奇,忍不住多问了一声她要做什么。只见她脸一红,羞怯地回答:"见一个朋友。"

研究两性关系的罗小姐,顷刻间明白了大概,幽幽叹了口气说:

"芽芽,做自己就好了。"

陈落芽闻言整个人如醍醐灌顶般地僵住了,有种被扒光了衣服的窘迫,刚擦上的腮红这就淹没在脸红里了。

罗小姐的话其实更像是一种预言。果然,她抛弃自我去取悦男人,整个宇宙都是看不过眼的。

那天陈落芽为了能在咖啡店里等曾盐,喝了整整一下午的咖啡。其实她的心脏不太好,喝不了这些含咖啡因的东西。她心跳得太快难受得紧,结果曾盐突然又说换了地方。好不容易见到面,曾盐正和一群不认识的狐朋狗友玩得开心,朝她抬了下眼皮就算是打了招呼。

她等了他那么久,他没有觉得任何不妥。也对,她为了站到他面前而克服的一切,在那个晚上憋出了内伤,却无人知晓。

喜欢一个人,才会珍惜她的感受。而曾盐毫不在乎。陈落芽天真却敏感,非常清楚地意识到他对自己并不抱有等价的喜欢。这就是他们之间的本质。然后她问自己,陈落芽你要不要继续下去。她听见那个因为喜欢曾盐而被委屈的自己,无耻地说了一个字:"要"。

说到这里,陈落芽长长吐了口气,她长久以来一直在等待这一刻的到来,当着他的面讲出这些年遇到的糟心事,那些她自找的、拜他所赐又莫名其妙的伤害。她清楚地知道自己并不是什么无私的圣人,心中有无数个小抽屉,好坏都收着,时不时拿出来琢磨一下。她这些年从中学到很多,比如深知一段关系得以维持那一定是需要妥协、维护、修补。当然这事若全落在一个人头上,那么这个人铁定十分辛苦。

"这些年我也交往过别的男人,但不知是出于报复还是想从别处获得补偿,我和别人约会总是使着劲迟到。如果那些男人愿意等,我便生出一些无意义的好感。我的耐心好像全部给了你,没有余额分给别人,只好叫他们受苦。"

晚风中,陈落芽对瓶吹喝光了最后一口酒,嗓音有些哑:"一个人如果不想,就不可能被别人伤害。你能对我做的,都是我赋予你的。几年来,这些就是我的常态。但凡事总有个头,什么时候耗尽了我对你的喜欢,我就重获了自由。"

曾盐听罢不语。周围的光线很暗,隐匿了他的一切表情。

5

陈落芽喊饿的时候,曾盐看了眼手表,大约八点的样子。

一时半会儿他们并不能结束这个话题,于是点了几道 tapas 先来垫垫嘴。餐厅主打 fusion 风,各种门派的料理都有点。墨鱼仔塞肉、鳄梨番茄面包、橄榄油爆虾仁这些菜在夜色下根本看不出有多诱人,闻起来倒是很香。还有一道日式和牛刺身,视觉上最醒目。生肉的颜色和其他食材比起来,自然是耀眼些。曾盐记得陈落芽平日素来爱吃这道菜,这会儿却是完全不碰。

"我记得你平时最喜欢吃这个。"曾盐往陈落芽盘子里放了片刺身,她竟然侧了侧试图避开。

"今天不能吃生冷食物。"她又给自己夹了一个墨鱼。

"哦。那你别吃了……哎,不对,那你怎么喝冰酒啊?"曾盐反应过来,一把夺走了陈落芽的酒杯。

"是不能吃,不是不能喝。"

"强词夺理。"

"这块肉好老。"陈落芽使劲嚼着墨鱼,"为什么每次跟你在一起都会吃到那么老的肉?"

"哪有这种事。"

"怎么没有,雪灾那次。你那时候的女朋友,跳芭蕾的那个。"

曾盐又不记得了。也不知道是真是假。

那年她二十四岁,努力了很久终于搬到了他在的那座城市,曾盐身边又有各色女孩出没。她表面上不动声色,维持着他们的友情。

那天,他当时的女朋友煮坏了一锅排骨,全城正值百年难遇的雪灾,他们没有别的东西可吃。三个人围着仅存的半根法棍抹黄油吃。

"买多好的锅,也配不上你的烂技术。"

"有本事自己做。白吃别话多。"

他们两个人永远都有吵不完的架。陈落芽并不参与这嘴仗,擅自伸手往大锅里夹了一块焦黑的排骨,不声不响嚼了起来。等曾盐发现时,她已经咀嚼得只剩骨头了。

"其实……还挺好吃的。"她中肯地评价,"就是太老了。"

"芽芽,快吐出来,烧焦的东西致癌。"曾盐想也不想就把手掌伸到她跟前,示意她把残渣吐到他的手掌心。

"曾盐你够了。"女朋友看不下去,摔下这句话进了房间。此话一出,先前愣住的陈落芽方觉尴尬。曾盐故意不去看她,举头看向窗外。陈落芽低着头嘴里还含着那块骨头,像一条做错事的狗。偏偏这时候曾盐伸过手抬起她的下巴一捏,大拇指和食指伸进她的嘴里，把那块骨头抠了出来。

"含那么久你也不怕咽下去。"他凑得十分近，嗔怪里甚至带着笑意，不忘用指背蹭掉她嘴角的酱汁。他的指腹粗糙，刮在她薄嫩的唇瓣上就像酷刑。两人挨得那么近，曾盐的女朋友从房间里出来，撞了个正着。

陈落芽没有任何动作，她在曾盐的眼睛里看到不可置信的东西。那东西锋利陌生，在她的玻璃罩子上砸出一道裂痕。

两人听见震耳的摔门声，曾盐脸上没有任何异样。屋里一片安静，室外羽毛一样的大雪恣意落下，雪片的白色反光透过窗户照进来，整个世界被雪撕成了两半，曾盐深深看了陈落芽一眼，索性就俯下身来，真地亲了起来，由浅及深。陈落芽任由他亲着，享受之余手心里全是冷汗。这缱绻场景十分冷清，和她想象过千万遍的样子完全不同。陈落芽的心中忽然冒出这样的念头：曾盐这几年在画界声名鹊起，除了确有风格之外，也在于——他是个很好的演员。

那天的积雪大约到小腿那么高。陈落芽站在沿街的窗户旁，看见女朋友蹬着露脚踝的 UGG，等不及穿戴整齐就跑出去了。她是个跳芭蕾的女演员，走在雪地里，身姿像一只挺拔的小鹿。小鹿走进城市这片丛林间，再也没有回来过，大概是获得了自由。

有时候回想起来，她甚至都怀疑地球上究竟有没有过那样的一天，还是她某天午睡里一个出格的梦罢了。

可她却又记得那天晚些时候，自己倒在曾盐家的大沙发上小憩，窗外雪的反光烧着她的眼睛。她伸手去挡不知是哪片误入的春光。曾盐在一旁架着画架,一边有一搭没一搭地找她说话。

"睡着了吗?"

"嗯。"

"你说你这样,会不会有一天胖成一头熊。"

"嗯。"

……

那天的曾盐心情似乎非常好,与她截然相反。

陈落芽终于咽下去了那块墨鱼:"其实有时候我挺怕你的。你不择手段的时候,什么人都下得去手。我还一直以为,自己在你心里总归是不一样的。老实说,那天你早就打定主意要和她分手了吧。而我又刚好在那里,人肉道具不用白不用。反正那时候我是没有办法对你生气的。"

曾盐轻笑了一声并不正面回答这个问题:"你心里想什么我可猜不着。"

"算了吧。我们认识六年了,我总在你身边绕,再迟钝的人都明白是怎么回事了。何况是你。"陈落芽哈哈大笑起来。

"类似的事情其实发生过不少。你总在我理智快要恢复的时候,突然做些干扰的事。而我总是搪不牢,只好回到喜欢你的这条不归路上。我花了这么久才发现,你就是这样,你其实挺没劲的。而现在我对你的迷恋到头了,我要去追寻我的自由了。"

6

该说的都说完了。

陈落芽自己推着轮椅来到电梯门口。她自觉了结了这桩陈年旧事，再无挂碍，可以安心回去睡觉了。

不过电梯似乎出了点问题。控制板上的按钮全暗，像是被切断了电力。陈落芽摁了几下，没有任何反应。她的手耷拉在失去生机的控制板上，一筹莫展。

一只修长的大手突然从她背后伸了出来，覆在她的手上，陈落芽猛地一惊。曾盐不知什么时候站到了她的身后，长臂忽然一下就把她钩过来圈在胸口。

那一半的惊呼还含在陈落芽的嘴里，她整个人就被曾盐转了过来，他俯下身双手撑在她的轮椅两边，直勾勾地看着她。身后城市的霓虹映出他漂亮立体的五官。他扳正她的脸，强迫她接受他的注视。

"你干吗？"

"陈落芽，你说完了是吧，那我有话问你。"

不等陈落芽回答，曾盐就一把抱起她向天台的边缘走去。

"唉，干什么，你放我下来。啊，不要！我怕高。不要！"

她一边大喊一边拼命挣扎，可曾盐任由她叫着，根本没有停下来的意思。快走到天台的边缘，陈落芽才看清楚原来边缘被一片堪称隐形的玻璃墙包裹着。可即便明知没有危险，她仍旧是害怕的，闭着眼把脸蜷在曾盐的胸口，不敢往外看。

终于她感到曾盐不走了，自己被放到了微凉的地上。她"唰"的一下睁开了眼睛，只见曾盐脱下了自己的西装铺到地上，然后又把她抱到西装上。曾盐的大手在陈落芽的肩上轻轻一推，她便毫无防备地向后倒去。

天空的样子投进她的眸中，曾盐俯身看着她。

"陈落芽，你口口声声说结束了，那这究竟算什么？"他的手突然抓起她的衣襟。

"你干什么！你放开我！"她惊恐地大叫。

曾盐的一手按着她的肩，一手挑开她的衬衣扣子，一颗一颗。她雪白的肌肤慢慢从织物的包裹中流淌出来，染上了夜晚城市的绚色，从脖子到乳沟再到蜿蜒的腹沟，月亮的银光洒在那里。肋骨下方到腰间盘踞着一条狭长丑陋的肉红色疤痕，像一只巨大的蜈蚣。

曾盐背对着她解开自己的衬衣，忽地转过身来。逆光勾勒出肌肉的凹凸，他的腰侧也有一条类似的疤痕，与陈落芽身上的正好凑成一对。

"你不是说，像戒毒那样戒掉我，那你告诉我这算什么？"耳边响起曾盐的声音竟十分虚幻，"那个捐肾给我的人是你对不对？"

陈落芽缩成一团背对着曾盐。

"如果今天我不说出来，你是不是打算瞒我一辈子？"曾盐走到陈落芽的面前蹲下，强行掰开她环抱在肩膀上的手。

"看着我，芽芽。"

曾盐并不是在向她求证什么，他只是要把这件事当面揭发给她看。

夜晚的凉风吹过，她把自己蜷成婴儿的样子双臂抱着肩，背对着他转向一侧。曾盐在她的身后躺下，伸出双臂环抱住她。他们静静躺着，谁也不同谁说话。夜晚就这样不知过了多久，他们都以为对方睡着的时候，陈落芽忽然动了一下示意曾盐松开些。

她翻过身看进他的眼睛,不再躲闪,伸手抱住了他。他亦收紧双臂,努力回抱着她。

"你为什么要说破呐?"她的声音掺着号叫的哭意,"这是我在你面前仅剩的尊严了。"

曾盐唯有把她抱得更紧些,可手却在发着抖:"我找了你整整两年。对不起。"

7

两年前曾盐大病初愈,在公开活动上遇见一个交往不深的大学学妹,长得山清水秀。

他在台上做完演讲,主持人开始了观众提问环节。学妹一早拿到了话筒,当着一屋子人的面对他说自己不是来提问的,而是来表白的。姑娘的指节发白,用颤抖的声音对曾盐讲:"我喜欢你十年了,我觉得应该说出来,因为再拖下去,大概就没机会了。"

台下满是人群的欢呼声,好多人为她鼓着掌称赞她的勇气,亦有此起彼伏的"在一起"。曾盐在台上却听不见任何声音。眼前的情景让他想起了一位故人,他的芽芽。笑起来眼睛眯成一条缝的芽芽,笨拙却真诚的、像只小柴犬一样的芽芽。

然后他想起来,多年前的那个晚上,在他的车上,芽芽也对他讲过类似的话。

"我喜欢你。我们交往好不好?"

"我们现在这样不是挺好的吗,以后我就是你的好姐妹了。"

他好像是这样回答她的。

腰间的疤痕先是有点痒,然后就纠结在一起疼,世界在他的眼前自动拉黑。遁入无意识前,他听见自己喊了那个名字。他这才记起来,已经失去她的消息太久。

翌日,曾盐从病房里醒来,电视上正在播着关于他被告白袭击晕倒的新闻。秘书在一旁悠闲地喝咖啡,不时盯着电视屏幕吃吃地笑。曾盐朝他丢了个枕头。

"老板,你是有多讨厌那个女孩子,居然被表白吓晕了。哈哈哈哈。"秘书叼着片吐司揶揄他。

"滚,别在我房间里吃东西。"

秘书笑呵呵地退了出去,曾盐却又喊住他,声音严肃:"回来,帮我做点事。"

"什么?"秘书跟着敛起了笑容。

"帮我查一下芽芽。"

"她不是你的好兄弟吗?你连她什么时候来大姨妈都知道,有什么好查的?"秘书话说到一半,明确感受到来自老板的白眼。

"查清楚她现在人在哪里,还有我要知道她在过去一年里发生的所有事情。"

曾盐看上去十分严肃,秘书遂也不敢抖豁,拎着吃到一半的吐司迅速离场。可走到病房门口又生生给逼了回来,迎面走了一人进来,正是昨天对曾盐告白的学妹。

曾盐看了眼学妹,心中已了然她到来的原因。学妹眼眶微红,怕也是一夜无眠。

曾盐叹了口气先开口:"你很好。"

学妹的眼泪已经守不住,噼里啪啦往下掉:"为什么拒绝我?"

曾盐道："你说喜欢了我十年的那瞬间，我很震撼。一个人能有几个十年呐？你花了那么久喜欢我，我觉得作为人活着好像终于有点意义了。可那个瞬间让我想起了一个人。我理解你的同时，忽然才理解这些年关于她的一切。你让我感动，而她让我心痛。"

那学妹语文学得不错，分得清"感动"与"心痛"之间沟壑难填，备好的台词全无用处，默默退了出去，直至走廊上传来嘶哑的哭声。那哭声像针扎，曾盐在床上躺着没有任何睡意，他伸手摸到了腰侧那条巨大的疤痕。那里有一颗来历不明的续命丹，和着那门外的抑扬顿挫哀叫一起，在他的身体里哭泣。

傍晚的时候，秘书来到床前汇报。

调查并没有太多收获。曾盐昏迷住院时陈落芽经常来看他，但他做完手术的当天，她就再没来过。

几个月后她离开了纽约，彻底消失在已知的世界里。而她之前的联络方式也已全部失效。

"综上所述她如果不是故意在躲你，那恐怕就是死了。"秘书说完最后这句话，望着早已脸色铁青的曾盐。

"找私家侦探来。你再胡说八道一句试试看。"

"恕我直言，老板。你们难道没有什么共同认识的朋友，一直有来往的那种，也许他们会知道小柴犬的下落呐？对了，医生说有事跟你谈，我让他现在过来了。"

秘书说完转身退了出去，走到一半又折了回来。

"有句话，我想了想还是要对你讲。一个人如果有心躲着你，你就很难找到她。她在你身边这么久，我们早就明白究竟是为什么了,你又怎么会不知道。你如果对她没有那种可能,就坦白地告诉她,并且在她放弃那种念头前,也不要妄想和她做什么朋友。你对她任何的需要,对她来讲都是折磨。虽然你给我发工资,但是我还是要说:在这件事情上,你真的非常自私。"

8

年迈的医生并没有带来什么好消息。曾盐的术前配型虽然成功,但手术后的排异反应很严重。医生坐在他跟前边剥核桃仁边说,你知道的嘛,器官移植本来就意味着苟延残喘地多活一些年头,而不是像普通人那般自然老死。

"我还有多少自由的时间?"曾盐问医生。

"五年,或者更短。"白发苍苍的老头平静地回答,"如果还有什么要紧事没做,就抓紧了,年轻人。我活了八十多岁,大概可以在自己的床上安静地死去,但这并不意味着更美好的一生。你生病的时候,身边总有一位十分可爱的姑娘,真是一个幸运的家伙。"

"您是说我的前女友……"

"哦不,不是你当时的女朋友,是那个每天都会来看你的姑娘。我猜应该是你十分亲近的朋友。她每天会读一段自己写的专栏给你听。你在昏迷中可能并没有印象。她同我从前的女朋友很像,笑起来就没了眼睛,可爱极了。她借我的书里有一份手稿,麻烦你帮我还给她。"

老头从白大褂里掏出地几张纸递给他,转身准备离开。

"我想知道,她是不是把……"曾盐问道。

"作为医生,我不能回答你将要提出来的问题。"老头晃晃手指打断了他,又停顿了很久来组织语言,"但是……我猜应该是你……搞砸了。"

9

芽芽作为女人,是曾盐无法想象的一种存在。

他认识、结交过的女人无数,妩媚风骚的、纯洁严肃的,各种类型的味道都有所涉猎,但陈落芽无法归类。

这颗星星亮度超过了能够被探测的区间,而他只是一个拥有普通内核处理器的人类男性。

心动自然是有的,而她志在四方,他笃定她不会是合适的妻子。他小时候谈过几段干柴烈火的恋爱,最后都不得善终,于是给自己画了方圆。他对自己说,人长大了就会明白人生是"选择"出来的。喜欢又怎样,克制才成熟,实在舍不得就发展友谊。常来常往,不也挺好的嘛。

此刻,他面前摊着一沓皱巴巴的纸,上面布满了她写的字。这些他常年信奉的真理,像病毒一样流行于世界的套路,在她写的小情书面前,碎成一堆渣渣。医生给他的手稿是压垮骆驼的最后一根稻草。这些写在他床前的零散的只字片语,是她全部裸露的情感;她走过的前路,坦白到叫人自惭形秽,而她的天真把他的自私坚硬揉得粉碎。

你若是活下去,这几年难过之种种我就自己干了,然后躲到尽头再不来烦你。

你若是活下去,我才可以讨厌你;你若是死了,我就只能恨你了。

我还没有睡到你呐；距离我睡到你大概还需要很多年，在那之前你都得活着。

如果你可以一直活下去，那我就可以忍住，永远不睡你。

我不是喜欢你，我是爱你的。

写的什么乱七八糟的破句子，他哼哼着鄙夷这些纸，一侧脸迎着风却又让眼泪呛到。原来他的身边是这世界最寂寞的路，可她非要选这条走，直到无路可走，就纵身跳进了茫茫人海，遁入无形。

身体大致好些的时候，曾盐就回了北京。他去看了小哑巴。小哑巴和他在同一天认识了芽芽，受她照拂颇多，也许会有她的消息。

小哑巴打着手语问他："姐姐呐？"

"弄丢了。"曾盐答他，觉得腰上的疤痕又痒了起来。

小哑巴落在他身上的眼光变得同情，伸手拉住了曾盐的衣角，不知从哪里摸出一根粉笔，在身后的灰墙上写下一句话：在你心里。

～10～

第一缕阳光露脸的时候，曾盐的故事终于讲完了。

有好几处，陈落芽甚至没忍住笑出声来。曾盐这两年的狼狈时光，假如她不记得自己吃过的苦，倒是可以当作笑话来看。

末了，他终于问了曾经她最想要的那个问题："可不可以给我一个机会？"

她看着远处冉冉升起的太阳，沉默了一会儿，然后嘴角浮起一个很轻的微笑："算了吧。"

曾盐拉着她的手明显一僵："你别闹。"

陈落芽想了很久，一字一顿讲了出来，她把每句话都讲得很清晰，好让自己和他都听得清楚。

"等你的这些年，我已经不是当初爱上你的那个陈落芽了。是，我是喜欢你，这种喜欢也许会持续终身。但没有你，我也有自己要成为的样子。你终于承认爱上我的时候，我真的很开心，像是取得了人生的重大成就。可是关于这件事的时机已经错过，从前的我已经不在这里。"

她讲完这番话，凑上前去紧紧地抱住他："不论怎样，喜欢你是我这辈子最骄傲的事。"

"那以后换我喜欢你好不好？我来等你，多久都可以，你想喜欢我的时候再喜欢我？"曾盐的眼泪纷纷落在芽芽的肩膀上。痛苦把句子拆得支离破碎。

"不要等，不要吃那些苦。"她踮起脚尖吻住他的唇，"好好生活。"

11

陈落芽离开印尼的时候，已是三个月后。雨季的交通总是很惆怅，她的出租车终于抵达机场的时候，刚好错过了 check-in 的最后时间。

改签后的航班在三个小时后才起飞。她忽然有了大把时间，却不知道该做些什么事情。盯着大屏幕正在播的新闻，看得出神。

然后曾盐的身影突然出现在新闻里，角标上说他的个人大展今天开幕，备受期待的神秘作品终于露脸。

红色的幕布齐齐落下，一幅大尺寸的油画撑满了整个屏幕。

午后的客厅，沙发上躺了一个睡姿缭乱的裸女，藕臂交缠。

她的头部并不是女人的脸，而是一只吐着舌头的柴犬。

不知内情的记者们纷纷提问这幅画的创作背景。曾盐似笑非笑的表情，高深莫测。

"我这一生遇见的最好的人和时光。"他对着镜头这样说道。

第十三章
爱与孤独

究竟是什么支撑着我们度过这一生

大概是：爱与孤独

陈落芽抵达苏婉的故居这天，天气甚好。她的情伤和脚伤都好得差不多了，整个人裹在一团彩虹里。

那故居如今被改成一座纪念馆，坐落在一座依山傍水的小山上，身后是一片开阔的草地。草地中间用大理石砌了个小广场，两边用修葺整齐的矮个绿树镶了一圈围边。

陈落芽拖着行李颇有兴致地贴着围边走，并不着急进去。她每走几步，就会看到嵌在树间的石兽雕像。这些石兽模样憨厚，明明饱经风霜，样子却是一点也不凶恶。乃至放到今天看来神态仍有几分窘迫，体态些许臃肿，综合起来就是十分可爱。

广场中间的位置是一块巨大的长方形浅水池，池水非常干净，小鱼儿散漫地在荷叶间自由玩耍。

蓝天白云倒映在水上，姿容更佳。倘若细看，会在那水池尽头的倒影里，看到一位立着的高个男士。

陈落芽循着那倒影走近了水池尽头的大树下，那里的确站着一人。

那人似有感应转过身来明媚一笑，自我介绍是此地主事，专门等在这里负责接待她。

"陈小姐比原定计划晚了好几天呐。"他十分自然地从陈落芽手中接过箱子。

这位主事名唤"盖亚斯"，产地英国，从事人类学家的职业。

陈落芽点头称是，"嘿嘿"着与他寒暄。细想这句陈小姐惊出一身汗。乖乖她的天，这人是如何知道自己不是"苏"小姐的。

幸而盖亚斯并不与她讨论姓陈还是姓苏的问题。他似乎对一切了若指掌，转向介绍自己主攻东亚研究，在这里待了大半年做博士后。陈落芽嗯嗯啊啊表示自己有听到。她亦有注意到盖亚斯长得高大俊俏，金发打理得整洁有型，整个人颇有殖民地遗风，是一枚长得十分美貌的知识分子。欣赏美丽皮相的同时，她也十分注意礼节，没有让盖亚斯注意到她暗地里进行的品头论足。

两人在水塘的尽头站了许久，盖亚斯说他们脚下正踩着的这片土地，就是苏婉的长眠之所。

周围并没有什么所谓的墓碑，只有两颗高大的绿树，华盖铺张。陈落芽往树下又走近了些，一抬头惊觉那树盖遮住了半幕天。整座山的怪异又和谐的审美，有一种亲切的幽默感。

"所以到底哪棵树是我的曾曾……祖母？"陈落芽问道。

"右边这棵。你应该要称她为高祖母。"盖亚斯被这个问题逗笑了。

"那左边这棵是谁？"陈落芽的好奇心很旺盛。

"她的情人。"

"什么？！"陈落芽有点不敢相信自己的耳朵，"等一下，你是说我的曾曾祖母出轨了，然后还和婚外情人而不是她的丈夫葬在了一起？"

"首先苏婉没有出轨，这是你高祖父去世后才开始的一段感情。并且——是的，她选择和这位先生葬在一起，而不是你的高祖父。"盖亚斯的耐心非常好。

"我有点困惑。"陈落芽伸出手摸了摸心口。

"她是一位非常现代的女性。"盖亚斯表示理解，露出英伦风的优雅微笑以及……阴暗，"不过我听说，这是你们家族的传统。"

陈落芽权当是没有听见，转身向大宅的方向走去。她走到一半回过身来对着盖亚斯喊：" 喂！你们不是说有东西要还给我们家吗？"

"再等三天。"他亦大声地朝她喊回去。

三天后，是当地的斋节。

夕阳正盛的时候，故居里本地的工作人员早早就下班回家去。斋节类似中国的中元节，是先人灵魂回来的日子。当地人入夜后有闭门不出的传统，整个城就像被按下了静音开关那样，没有任何属于活人的喧闹。

意料之中的，这天故居里只剩下盖亚斯和陈落芽这两个异邦人。吃饭的时候，盖亚斯对陈落芽讲了印尼一些地方的传统，据说有些原始部落会在亲人死后把他们制成木乃伊，给他们穿上生前的衣服，摆在家里不下葬，跟过家家似的一同穿衣吃饭。

陈落芽本来就不太会切肉，此时正费力地切着一块牛排，闻言浑身一抖，刀子飞出去老远。盖亚斯露出十分满意的表情又说，既然斋节是缅怀先人的日子，那最适合清点遗物，待会儿吃完饭一起去看看。陈落芽在心里暗暗叫苦，心中冒出不知是哪位朋友的名言，雄性大约不论产地品种，只要长得好看，都是费油的灯。的确是这样。

属于苏婉的遗物，是沉香木作骨包裹着皇家蓝丝绒的大箱子。暮色吞掉最后一丝光辉的时候，盖亚斯与陈落芽面对面坐在故居的长餐桌前。两人皆是托腮盯着这存放着过去的大箱子，一动不动。终于还是盖亚斯先掰伐牢（上海话，撑不住），他俯身把箱子推到陈落芽的手边。箱子的逼近将她置于旧时光的压力之下，深吸一口气迟迟不敢落手。

盖亚斯了然她是有几分胆战，伸手就替陈落芽把箱子打开。里头摆着若干大小各异的盒子，她随手打开一个，被一副硕大的南洋金珠晃了眼睛。这对金珠陈落芽是有印象的。她出发之前，在那张粗糙的相片翻印品上就见过这对金珠，然而实物之明艳还是震慑了她。

另一个正方形的盒子里装的是一枚 ArtDeco 风格的钻石戒指。长方形的戒面上镶了一块祖母绿切割的主钻，周围众星拱月地用不同形状的小钻包裹，对称的排列风格营造出一种雍容的气势。

戒指较之于其他首饰还是有几分特别。项链耳环之类戴在身上，佩戴之人通常看不见，故而取悦的是他人。而戒指却总在视线范围之内，与佩戴之人多有交流。所以喜欢戴戒指的人往往自我意识比较强大，更注重个体的内心感受，喜欢掌握局面。

陈落芽望着那枚戒指，立刻就读懂了这些密码。她自己左手的食指上也戴了一枚相同风格的戒指。盖亚斯适时用生硬的中文点评了一下:"不是一家人,不进一家门。"

陈落芽若有所思地点点头,随即拿起那枚戒指戴到自己左手的无名指,大小刚刚好。她端详了一阵,亦觉十分美丽,才抬手拔戒指。

谁知此时这戒指竟像是一张嘴,吮吸在她的手指上,不痛不紧,却怎样都拔不下来。她试了好几回倒是有些急了。

"我去拿点洗手液,不要硬来。"盖亚斯这时候倒不苟言笑了,上来握住陈落芽的手,解救出她那根已经被扯红的无名指。

这时门外突然响起一阵有节奏的敲门声。两人皆是一惊。陈落芽联想到今日之特殊,更是冷汗涔涔。盖亚斯握住陈落芽的手腕,把食指放在唇边示意她不要出声。举手之间,门外又是"砰砰砰"的好几声。

两人屏息不动时,沉重的铁门已经被一股沉稳的力量推开。整栋房子的窗户也都噼里啪啦地自动打开。狂风灌进屋内乱窜。

盖亚斯一把将陈落芽拽到身后。她从他臂弯的缝隙里看见一个当地土著打扮的老头拄着木杖颤颤巍巍地走了进来。那老头毫无焦距的眼睛打量了一下四周,茫然对着空气说道:"苏小姐,你终于来了。"

那声音苍老又伤感,惹得她趴在盖亚斯的肩上一哆嗦,却又感受到某种召唤似的,不可抗拒地走上前去。

"不要。"盖亚斯试图拦住陈落芽,但她飘似的就往前去,衣袖的一角从他手中滑过。老头粗糙的手瞬间已经精准地抚上她的脸庞,伴着空洞的目光一起探索。

"我等你很久了。"他说话时,嘴里含着一种压抑的激动。

"你等我做什么？"陈落芽大着胆子问他。

"三天光明，浮生大梦。"不等她做出反应，那老头的手杖已经在她眼前一挥。

短促的光芒飞快掠过，没有边际的黑暗突然倾倒下来，陈落芽看不见了。她的惊慌还来不及着陆，意识就快速垮塌，匆匆向后倒去。

盖亚斯上前抱住迅速坠落的陈落芽，又惊又怒地看着老头。

"你对她做了什么？"

老头不语，眼睛却突然有了神采，目光如炬："三天后一切结束，她会自己回来。"

老头说完，一阵莫名的大风就地刮起，待风散去他早已无形遁去。除了嘎吱摇晃的大门，一切如常，似乎什么都没有发生过。

盖亚斯在震惊中抱紧臂弯中的陈落芽。她的神色倒是极为平静，脸上浮起一层酣睡的粉色。他伸手摸了摸她的脸庞，觉出仍是活物的温度，良久才长长舒了一口气。

窗子们"啪"的一声整齐关上，沉重的大门亦自行合拢，唯有头顶的飘窗还有凉风灌进来，彼端的黑夜闪烁如常。

星星活得比人长久，不知道百年前那一刻是否也和当下一样璀璨。

第一夜

很多年后，拂花依然清晰地记得，自己与苏白衣分别这天，岛上的天气清冽激滟。

两人纠缠了大半个白日，一场欢好方才落幕。

不知为何,她常年保持着极瘦的体态。玉色的背被刀削似的蝴蝶骨撑出凹凸,腰肢纤细。她仰起的侧脸,一只眼睛与半片唇,勾起的长腿泛着诱人的蜜色。

整个人被抛到高处时,她抖着沙哑的嗓音恼他,白天不干正经事。苏白衣埋在她的颈窝里,发出呓语般的笑声。

"大概是要变天了吧。"他越发剧烈起来。

"可是与我何干?"一声长长的呜咽从她的身体里蹦出来。

晚些时候,苏白衣梳洗好,换了一身挺括的白西装出门去。

"刚才是谁说山崩地裂也和他没关系的?这是要上哪儿去?"拂花翻了个身,背着脸问他。

苏白衣走到门边听到这句话,又折回来抱住她:"夫人最近醋喝得略多。"

"知道就好。"她像小孩子一样拨着他的手,不肯放开,"你就不能不去吗。"

"今天是怎么了?"苏白衣在床沿坐了下来。拂花却僵僵地愣在那里,半个字也挤不出来。

"我很快就回来。"苏白衣继而在拂花的额角亲了一下,抽身离开。

他的脚步声渐远,拂花抓起睡袍随意一裹,走到窗前拨开帘子看着载着爱人的那辆小车开出自家的象牙色雕花大门,这才扭过头整个人落在镜子里,袒露出不安的所有。

这一切的源头要追溯到两天前。她像往常那样去森林里散步,在村口遇到了盲眼的巫医。拂花总是习惯地朝他颔首致意。自从那些罕有但离奇的交集之后,他们之间似乎就存在着某种隐秘的联系。他虽然看不见,但,能够感受到关于她的一切。

那天,她路过他的时候,像往常那样,微微点一下头并不停下脚步。巫医却出声喊住了她。

拂花停了下来,然后她听见他说:"星星,就要坠落了。"

"谁?"拂花听得云里雾里。

巫医却不再说话,吧嗒吧嗒地抽起土烟,起身走向森林的深处。拂花一个人在森林里兜转,反复咀嚼那句话,没有任何启示。这种不安逐日攀升,在这日抵达了顶峰。

可她没有时间发呆,深吸了一口气,摇铃叫来了侍女梳洗打扮。晚些时候在总督的府上有场夜宴,他们要一同出席。

傍晚的时候,苏白衣果然守时回来了。拂花正在锁裙子的拉链,一激动扯掉了锁头上的珍珠扣。她也弄不懂自己,那忽上忽下的心情,像个莽撞的小姑娘。他们一同坐进车里,开过三宝垄热闹的街头,直奔另一端的总督府邸。苏白衣的手轻抚着拂花的裸背,试图让她放松下来。

"明天叫医生来看看吧。"苏白衣把她拢进臂弯中。

"我没事。"

"一副殚精竭虑的样子,还说没事。你这样让我想起……"

"想起什么?"

"想起我从前养的那匹名贵马驹,它怀孕的时候也像你这么烦躁。"

"你……"

拂花一听这胡说八道就恼了,捶了苏白衣胸口好几下,他开怀大笑,抱她更紧些。这一闹心里终于好过许多,她暂时放下了这两日的烦恼,在他怀中酣睡了起来。

她再度醒来得拜那记猛的刹车所赐,苏白衣的手挡在她的前额上。她的脑袋做了加速度,砸在他的大掌里。拂花睁了睁模糊的眼睛,看见苏白衣对着自己笑。

"你这额头生得太有棱角,我替你去挡,砸得太痛。"他这话讲得有些奇怪,比正常时候慢了许多。

拂花在他怀中撑了撑试图坐正,苏白衣却痛苦地叫了一声。

拂花被惊到,猛地缩回手,方才感觉到手背上沾到了什么温热黏稠的液体。那味道让她顿时清醒,继而感到眩晕恶心。天色已经完全暗了下来,她费了一番功夫才看清前排的司机歪在一侧早就没了动静,苏白衣靠在她的肩头沉重地呼吸。

车外熙熙攘攘,行人指指点点,有人停下来围观,也有人朝车里面张望,却又不敢靠得太近。

苏白衣挣扎着起来,用力捧住拂花的脸,艰难地说出一句话。

"方才有人朝我们开枪。你听好,这条街的尽头就是总督府,你得走到那里,找人过来帮忙。"

"如果他们再回来怎么办,我不能把你一个人留在这里。"

"如果是那样,那你留在这里更危险。"

苏白衣用力把拂花推了出去,关上车门,端坐着朝她微笑:"我保证……在这里等你回来。"

拂花深深看了他一眼,不再拖沓,一路小跑着朝街的尽头去。她一手扯起长长的裙摆,另一手脱下高跟鞋光着脚踩在碎石铺就的粗路上。那些石头包裹着肉眼不可见的锋利,毫不留情地切割着她的皮肤，把泥泞嵌进去，把血肉破开来。她只好紧紧咬住一口银牙，拼命不松口才能忍住痛不至于让眼泪掉下来。一定是这身决绝的气势向周围扑去，杀神杀佛，街上往来的人好奇却不敢靠近，一路上无人敢阻挡在她的面前。

可这一路短短，仍是艰难。门口的僮仆被她的模样吓得不轻，总督弄清原委后赶紧派了人前去搭救。拂花也要跟着去，被总督夫人拦了下来，一堆仆妇上前将她按在沙发上，拉起她的裙子露出脚上斑驳的伤口。总督夫人一脸严肃地屏退了围观的客人，坐到拂花身旁抱住她。

"Darling，你受伤了，快躺下。"

"不，我要去找他。"拂花挣脱她的手，挣扎着起身要走。

"难道连自己的孩子你也要放弃吗？"总督夫人上前来按住她。一向和霭的荷兰贵妇，忽然换了一副严肃的面孔。

拂花闻言，艰难地看向自己的腿间，几条猩红的血线挂在那里，像白瓷上的狰狞裂缝。她伤了不止一处，各种疼痛混在一起，并不能特别在意哪里。

"我以我丈夫的名誉保证，他们一定会把你的丈夫安全带回来。"总督夫人握住她的手认真讲道，"快点躺下吧，看在上帝的分上，让医生看看你。"

拂花僵硬地笑了一下。嘴角一弯,刚好卡住一滴掉下来的眼泪："我必须要和他在一起……如果这是代价。"

在场的女人们听到这话，纷纷一惊。众人愣神的缺口，拂花已经扬长而去。她正下楼，大门口涌进一队人，抬着的正是苏白衣。苏白衣仍旧醒着，但唇色惨白，朝拂花微微一笑。她终于松了口气，脚跟一软就跌坐在楼梯上。

医生很快替苏白衣处理好了枪伤,并不严重。可他的脸色看上去却更差了,倦意也越发茂盛。拂花挨在他身边强撑着精神。苦熬中,有什么东西正在从她的身体里慢慢垮塌,在静谧中源源不断地流逝出去。指尖发凉,她不敢去握苏白衣的手怕他察觉异样,却被他隔着床单反握住。

夜半时分,苏白衣突然醒了过来,他摇醒了趴在身边的拂花,一字一句地对她讲:

"天晚了,我们回家去好不好?"

虽然是疑问句的口气,实则是陈述句的请求。拂花点点头。两人相携一起离开。走到大门口,总督夫人秉烛追了出来,一言不发给拂花裹上厚重的披肩。

临近午夜,全城宵禁。原本狭窄的石板路倒显得宽敞起来。载着拂花和苏白衣的小轿车朝他们宅邸的方向驶去,踏过整座城,所到之处皆是寂静。

苏白衣的精神似乎回来了,搂着拂花的手臂又像从前那么有力了。他的下颚抵着她的额头,握住她冰凉的指尖。他的手心冒着热汗,黏在她湿冷的皮肤上。

"很快就到家了,要不要睡一会儿?"苏白衣的声音又缥缈起来。

拂花摇摇头,听见苏白衣又说:"明日叫律师和掌柜都来一趟,银行经理那边也要请来,这些年家里的房契地契黄金心里都有数吧?"

现在同她说这些做什么呐,拂花心里想。她实在是有些乏了,在他怀中沉重地合上眼，觉得他抱着自己拢得又紧了一些。

车开得十分平稳，直到又一下刹车。入夜后下过雨，地上湿滑。

刹车惯性又弄醒了她，撞到了前排的椅背。这次苏白衣没有替她挡着，他伏在她的肩上，又滑到她的胸口，像个完全扶不起来的醉汉。

她使劲拍他的脸，没有任何回应。

小腹里那团脏器的疼痛无法抑制地蔓延开来。那一股热意再也忍不住，冲出她的体内，原本生机勃勃的洪荒之力终于溃散成了座下的一摊死物。

可她仍旧顾不上这些。

因为在那团从她身体里流出的、滚烫的浓血里，她忽然摸到了苏白衣已经冰凉的手。

第二日

在静谧的哀恸中，陈落芽猛地惊醒过来。她挣扎着坐起来，使劲揉了揉眼睛，看见的只是一片黑暗。

过了很久，她才明白过来那些是呈现在梦境里的过去，简直就是一天一夜的 live 电影，把她折腾得筋疲力尽。她急着跳脱开这些过于逼真的回忆带来的创痛，一脚踩地，被卷进掉在地上的被子里，整个人摔下了床。

这一声巨响成功引起了盖亚斯的到来。

陈落芽整个人跌在一团被子里，听见有人问她有没有摔痛，她认出这是盖亚斯的声音，晓得这是自己与现实之间仅存的连接，遂感激涕零地点点头。盖亚斯在陈落芽跟前仔细查看。她并没有什么大碍，但双手抱住肩，胳膊上泛着大片的鸡皮疙瘩。

"你很冷吗？"盖亚斯拉起被子裹住陈落芽。

"我在梦里……好像看见了……拂花。"她艰难地开了口，两眼茫然地看向前方，"我看见她和……高祖父的最后一日。"

盖亚斯闻言大吃一惊，片刻镇定后把陈落芽抱回到床上。见她仍像只小动物一样瑟瑟发抖，他便伸手揽住了她，轻轻拍背安抚。陈落芽不知是伤心还是惊吓，眼泪越涌越多，扑簌扑簌往下掉，没个尽头。

"苏白衣的伤明明不严重，为什么会致命？"哭了很久，陈落芽终于说出了一句完整的话。

"你看到的伤是什么造成的？"盖亚斯反问她。

"枪伤，流弹那种，没有伤到要害。"

"如果你要买凶杀人，为什么要雇这种技艺不精的杀手？"

"也许我并不希望这个人死，只是想给他一个警告。"

"如果你确实希望这个人死呢？"

"那我十分确定……他被打伤了就一定会死。所以致死的关键……另有他处？"

陈落芽说完被自己的结论吓了一跳。盖亚斯明显感觉到她浑身一滞，继而问道："所以他……"

"中毒。他真正的死因是中毒。那些子弹虽然没有打中要害，但都粘满剧毒。"

陈落芽又不受控制地呜咽起来。

百年前那日凌晨，一座城的死寂。她无声的哀号直到此刻仍在耳边萦绕，久久不散。

盖亚斯告诉陈落芽，苏白衣作为南洋各种革命活动的幕后金主，早就是太多人的眼中钉。他自己对这种结局早有期待，亦有多手准备。

"那他就不考虑自己的妻子吗？他不是号称很爱她，为她抛弃过往，为什么就忍心让她在心碎中一个人度过余生？"陈落芽激动地大声反驳。

盖亚斯点点头又摇摇头："我读过不少关于他的资料，个人的感觉是：这是他理想的一部分，是他认为非做不可的事业，他也清楚这意味着的代价和命运；而对于拂花，他在最坏的可能到来之前把她保护得很好，没有让她感受到长久的焦虑。但真的发生了，一切无可挽回，也就像高烧一场，总有痊愈的一天。"

"说得轻巧，那是因为他不是被留下的那个人。"陈落芽冷笑了一下，继而用她那没有焦点的眼神翻了一个四散的白眼。然而下一秒，她似乎意识到了什么新问题，脸上的表情变得有些诡异，双手抱住肩极慢地问出了一个问题。

"如果拂花和苏白衣没有后代，那我、我母亲，还有她的母亲……我们这些人，都是从哪里来的？"

第二夜

拂花四十多岁的时候，仍旧常年住在三宝垄。

她一年中会回一阵上海，主理着苏家的产业，养活一大家子人。这些年的局势愈发不稳，荷兰人屡遭对抗，日本人又蠢蠢欲动。

早年间她向苏白衣学习生意之道，原本是打算用在自己身上，不过世事变迁，如今却用来支撑整个苏家。夜里梦见苏白衣的时候，她都会扯着他的袖口说:"你这真是一桩不亏本的买卖。"

苏白衣总是抱着她,在她耳边轻轻讲:"要是累了,就不要撑了。我不怪你。"

开始几年,他的脸总是很清晰,后来就开始越发模糊起来。她总是担心,有一天会再也看不见那张脸。

拂花永远记不起来在梦里自己是怎样答他的,总之她醒过来,抬头看一眼白天的太阳后,就有了继续下去的力量。

卿卿现在已经是大姑娘了,几年前想去外婆家长住,苏家老太太不同意,拂花顶住压力替她做主允了。那外婆家是秀致的读书人,替她另取了一个随母姓的大名叫作何凤栖,在正式场合用十分文雅。她年幼时就与拂花亲厚,如今唤她姨姨,亦时常写信来。

这日拂花刚好收到一封,卿卿在信里写:

"吾近日恋爱了,竟动了婚姻的念头(吾原本同你讲过要一心追求教育事业,伐要缔结婚姻)。原来恋爱是这般好的事。吾开始理解到姨姨你和父亲之间昔日之种种。如今父亲不在,姨姨你大可重新恋爱,不要困在过去之中。吾是一定会支持你的。"

拂花读罢简直笑得停不下来。卿卿真的是一个很好的孩子,自己高兴了,就希望亲近之人同她一道饮蜜水。

只是这件事,如同爬山观景,去过顶端,矮处的小风景就不入眼了。之后若要幸福,那也只能基于别的事情。卿卿还年轻,没有失去过人生的高度,自然是不懂的。

在岛上的时候,拂花总是收到贵妇圈的茶会邀请,不过她八百回难得去一次。

不爱去，多半是因为每每一去，总是被日本来的池田夫人调侃身材。这位生了八个孩子，第九个正在路上的母亲喜欢斜眼瞥着拂花，大声地对着所有人讲："没有生过孩子简直是神的眷顾。"女眷们闻言多有变色，面面相觑却无人出来阻止池田，告诉她此话说得不妥。

拂花觉得女人们大约是嫉妒她已久，与池田是同仇敌忾的。而这位日本夫人不知道关于自己的过往，无意中说出这样的话来，却是帮大家呲了自己，顺了气。

这天，池田又拿这个出来说笑。拂花把脸别向另一侧，刚好撞上总督夫人的视线。夫人对着她柔善一笑，拂花亦回之。两人悄悄退出茶会，相携去花园里散步。

总督夫人名唤凯瑟琳，她喊拂花作"Wanwan"，取的是她如今大名"苏婉"的后一个字。自苏白衣死后，拂花便将名字彻底改了过来。社交圈只知苏夫人单名一个"婉"字，拂花这个旧名字沉在老时光里，变得无人知晓。

拂花觉得这样甚好。毕竟这个名字是属于苏白衣的。

凯瑟琳较拂花年长十岁，欧人又显老，单从外貌判断，更像是拂花的姨母。姨母挽着拂花在自家花园里散步，温柔地拍她的手背。

"我丈夫的任期很快就会结束，我们要回欧洲去了。这次回去后，我有生之年都不会再回来这里了。"

"我以为你是喜欢这里的。"

"当然。"凯瑟琳忽然抱住了拂花，"可是就要变天了。不光是我，也许你也应该离开这里。"

她笑得柔软无比。拂花觉得又与她更亲厚一些。一个人如果亲历了另一个人最极致的时刻，对那个人来说就是特殊的存在。如果不毁灭这个存在，那就与这个存在一起坚固共存。

如今凯瑟琳这个为数不多的共存也要远去。不论她多么渴望留住，旧时光好像只能是一捧流沙，握得多紧都是徒劳。

"我的丈夫恐怕更舍不得这里，他这一走，大概这辈子都见不到那些爪哇女人了。"总督花名在外，在岛上有无数情人，有一些还生下了孩子。

凯瑟琳的一大神奇之处在于把这些事情看得十分轻巧。

"你就从来没有因为这些事情烦恼过吗？"拂花头一遭好奇起来。

"烦恼？我们感情深厚，但那与爱情无关。"凯瑟琳的脸上浮现出一抹神秘又温暖的色彩，"他用夫妻的名义庇护我，我永远感激他为我做的一切。"

拂花心想不知总督为她究竟做了什么，大概是一桩很费劲的事情。而他们达成了一种共同生活的契约，两人各自过着想要的生活。总督夫人说自己的故事与她相去甚远。

"总之幸福有很多种形态。苏先生虽然死了，但是你还活着。"凯瑟琳意味深长地总结道。

两人遛得差不多又回到了茶厅，贵妇们还在孜孜不倦地吃点心。池田夫人看到她们回来，拿出主人的派头招呼。

"纤腰的少女，来吃点马卡龙吧，也许那会让你长出点胸。"

在座的众人又是一抖，暗自看向拂花做何反应。她从容不迫地拿起了那小巧的杏仁圆饼，伸出舌头舔了一下，又一口一口极慢地吃掉。整个过程颇为蛊惑，池田那厢自然是端不住，脸上露出不屑的表情。

拂花吃完那小圆饼又舔了舔纤长的手指，不紧不慢地开了口。

"池田夫人，您认识我的时候，我已经是个寡妇。从前的事你怕是不知道，今日不妨我讲点给你听。我唯一的孩子在我丈夫去世那天意外流产。我的余生大概就是一个孤家寡人了。是，我的腰是很细，您可能觉得这是上天眷顾，但这是用我最珍视的人换来的，并不是我的选择。如果可以，我会和我的丈夫厮守在一起，生很多很多孩子。也许觉得怀孕生子让您烦恼发胖变丑，但一个生命在身体里逐渐长大，撑开我的皮肤，是我这辈子都不可能经历的事情。您可以继续妒忌我，但看在我失去的一切的份上，请您行行好不要再拿这件事来打趣我。我实在不觉得这些事情有被反复调侃的意义。"

拂花一口气讲完觉得十分舒心，从僵住的池田手中又拿了一个马卡龙。身后响起一阵清朗的掌声。她回过头，只见门口来人有二，总督大人和一个挺拔清秀的男人。男人穿了一身合体的西装，头发梳得十分整齐，饶有兴致地鼓着掌。

拂花听见掌声远远地看了一眼，甚是敷衍。她继续吃着马卡龙，朝总督夫人略施一礼，留下一屋子惊诧的女人扬长而去。

～ 第三日 ～

第三天的清晨盖亚斯端着早餐走进房间的时候，看见陈落芽睡梦中露出一丝憨笑，那神情竟有点像志得意满的狗崽子。他索性把食物放在床上，撑着脑袋仔细观察狗崽子。

狗崽子很快被食物的香气催醒了过来，伸手讨要吃食。

"我说，你不应该先去刷牙吗？"

"可以吃完再刷，一举两得。"

盲眼狗崽伸出两只玉手，循着食物的气味往餐盘的方向一阵摸索。盖亚斯毕竟是绅士，替她往烤得焦黄的吐司上抹好了草莓酱，恭敬地递到嘴边。

陈落芽于是连伸手接也省略了，张嘴直接咬。盖亚斯问她什么事情那么高兴，睡觉还笑眯眯的。

"拂花遇见了一个男人，比她年轻。"她一边说一边卖力地咬吐司边，还发出扑哧扑哧的响声。

"你说的是理查许，许承元吗？"盖亚斯伸手帮她拍掉落在床边的面包屑。

"我不知道他的名字，样貌清爽，戴着圆框眼镜，头发梳得比你还好，看上去蛮有头脑的样子。他好像是个医生。"

"那就是了，他是当时南洋的名医，家族经营药品生意。"

盖亚斯又给陈落芽递了口茶，顺便在心里做了批注：刚才那句"头发梳得比你还好"实在是多余。

"何凤栖其实就是改了名的卿卿，她是苏白衣的女儿，我的曾外祖母。这样看来，我们的确是如假包换的苏氏后人。但有一件事我还是不明白。"陈落芽又继续道。

"什么事？"

"何凤栖是如何做到让自己的孩子都姓苏的呐？难不成她嫁了一个也姓苏的丈夫，或者说服了丈夫让孩子跟自己的姓？"

"我现在就可以告诉你。不过，也许你今晚就能自己看见呐。"

"今天是最后一晚了吧。"陈落芽的语气忽然变了个调。

"嗯。你是不是担心今晚过后眼睛还是看不见？"盖亚斯捏了捏她的肩膀,"其实这里的巫人……"

"不是。"陈落芽若有所思地摇了摇头,"我只是有些舍不得,这几天同她在一起的所有。"

第三夜

凯瑟琳还没有等来回到故乡的那天,命运就让她在爪哇长眠。

那是她离开爪哇的前一天,总督一家被人袭击。凯瑟琳替丈夫挡了几刀。单独看那些伤处都不是要害,可最后一刀扎进肚子里,恰逢警卫赶到,凶手顾不上拔出来就逃命去了。

赶来急救的医生是许承元。他看了凯瑟琳的伤势,对总督说还是不要拔了,拔了痛苦,死得更快。

拂花被匆匆接了来的时候,许承元已经帮凯瑟琳止了血,打上一针吗啡。凯瑟琳的脸上没有痛苦,笑眯眯地同拂花打招呼。如果不是腰上的那把匕首道出了真相,险些都能把人骗过去。

拂花在床沿边坐下,凯瑟琳朝她张开了双臂。

"Wanwan,抱抱我吧。"凯瑟琳对她说,"我要走了。"

拂花俯下身去抱住了凯瑟琳,小心避开她那插进肚子里匕首。一颗眼泪从她的眼角滚落。

"Oh, Darling。"凯瑟琳伸手想要帮她擦去那颗泪水,被拂花一手握住。她转过头盯住许承元,眼睛里释放出一种狠劲。

"你不是医生吗,就这样看着她死吗?"

拂花当时脸上的表情,许承元后来记了一辈子。那种又恨又痛的样子,让他不忍看第二眼,却又移不开眼睛。

倒是凯瑟琳握住了拂花的手,把她的视线拉回来:"Wanwan,Richard他已经做得很好了。你不要怪他。"凯瑟琳言毕朝许承元点了点头。许承元亦微微颔首回礼。

拂花收回她的瞪视，双肩仍旧不时伤心地抖动。反而是凯瑟琳这个将死之人在不停地安抚她。

不多时，卧室的门又被打开。一个红发的中年女子飞奔进来，跪倒在凯瑟琳的床前。拂花认得这个女子，她是凯瑟琳带在身边多年的贴身女仆，前一阵被遣去别处办事。这会儿应该是知道了女主人遇袭，着急赶回来见最后一面。

然而两人的举止却又让拂花看不懂。原本恋人间的炙吻毫不避讳地发生在凯瑟琳和她的女仆之间，让一切变得扑朔迷离。她们亲得正酣的时候，总督走了进来，眼见这一切也没有任何诧异。凯瑟琳先发现了他，朝他伸出了手。总督于是也上前去，握住了她的手，轻轻吻了一下。三个人拥在一起，轻声细语地做着最后的告别。

拂花与许承元并排站在边上，就这样毫无防备地暴露在凯瑟琳一生的秘密里。

爱是何其隐秘而伟大的存在。

拂花忽然就懂了从前凯瑟琳隐秘的微笑，她和总督之间外人看来不可理喻的夫妻关系，还有她口中"丈夫的庇护"。

当天晚饭的时候，凯瑟琳就死了。死在女仆的怀里，神态安详。她最后同拂花讲：困在过去太久了，这样不好，要 Let it go，不然就只能等死的那天了。

拂花听得云里雾里，当即并不十分明白。直到凯瑟琳的葬礼上，她开始无法抑制地不停流泪。

不论这些年过得多么风平浪静，失去挚爱的伤口始终在她身上。那些回忆看上去是远了，淡了，可其实只是蒙上了一些灰，一抖落仍旧是鲜亮的沉痛。如今身边人不曾知道的过去，她一直都记得。她像穿着一件隐形的旧衣服，被当下的太阳照着，可皮肤仍旧是湿冷的。凯瑟琳之于她与别人不同，是因为她亲历过自己最深的痛。如今她死了，失去一个人之外更令拂花抓狂的是那些她苦苦抓住的过去没了证人，一切终于抵不住时间的冲刷，要溃散了。

而她从来不敢深究，这些年，她究竟是不敢忘记，还是不敢放下。要放下是多么不甘，可记得又是如此辛苦。

如今凯瑟琳死了，死之前对她说，Wanwan，你困在过去太久了，你要放手，不然到死才是个头。

那天葬礼结束后，所有人都离去了，只有许承元留在墓地，默默地站在离她不远的地方。许承元没有问任何问题，只是递了一块面巾给拂花。拂花并不接过来，于是许承元走到她面前，撩起覆在她脸上的黑纱，替她细细擦了起来。

拂花并没有躲开。

她深处的那片废墟，有什么东西在长久绝迹后，终于破土而出。

梦醒

第四天的早晨，陈落芽从床上坐起来，眼神已经恢复了清亮。她打开窗，天上堆着层层叠叠的灰云，回过头的时候看见镜子里神采奕奕的自己，便知这一趟旅途已经结束了。

手上的戒指不知何时自己解了锁，可以自由摘脱。不过她仍旧戴着。

她穿戴整齐走下楼来，纪念馆的工作人员大多已经开始工作，整栋房子里忙忙碌碌的。他们喊她苏小姐，仿佛她真的就是这栋房子里的主人，陈落芽点头应着，脸上挂着亲和的笑。

她在房子尽头的小花园里找到了躺在草地上的盖亚斯。陈落芽在他身边坐下，一旁搁着苏婉的大箱子。她再次认真地打量那些漂亮的物件，高祖母留给苏家后人的神秘遗产原来是一堆精美的珠宝。乍看之下有些俗气，但细想却又感叹奥妙。她怎么就猜得这般准，晓得她的后人都是女孩呐。

盖亚斯递给陈落芽一个看上去有些年头的厚本子。

"是苏婉的杂记。我在箱子底找到的，正读到这里你就来了。"他讲。

陈落芽接过来细看，苏婉的一手小字骨骼丰满。

从出生到死亡我们不停与旁人发生连接，构成了我们的一生。
而相遇就是分离的开端，如此周而复始。
究竟是什么支撑着我们度过这一生？大概是：爱与孤独。

"你是来告别的吗？"盖亚斯问道。陈落芽点点头。

"你结婚了吗？"他接着问。

"没有。"

"你有心爱的人吗？"

"从前有过，现在没有了。你到底想说什么？"陈落芽赏了个白眼给他。

"没什么，我可以去看你吧？到时候你不会装作不认识我吧？"

"看心情吧。"

余声

拂花和许承元保持了终身的伴侣关系。拂花在世恪守苏家主母的身份,身后把陪伴留给了许承元。

陈落芽回上海后几经查证,发现何凤栖是一位十分超前的女性,一生中有过几段深刻的感情经历,却从未正式结婚,所以她的孩子都跟随母家的姓氏。

曾盐在两年后因为并发症去世,他把一半的财产赠给了陈落芽。他们余生再未见过。那幅柴犬裸女图在他死后价格飙升,现在安静地挂在陈落芽上海家中的墙上。

陈落芽如今常居上海,不再像从前那样到处撒野。盖亚斯果然如他所说时常来上海看她。

她同他讲,眼下自己的人生正写到孤独这章,大概下一章就是爱了吧。

番外篇

落雨泱泱

贝蒂苏说
吴鸳鸳是三生三世里造了不少业
这一世的开篇
苦了些

1

吴林氏颤颤巍巍地出现在弄堂门口，用网篓装着两个铝制饭盒。

那是八零年代的时候，大人们上班时带饭用的那种饭盒，每个上面都能磕出好些个坑。

天色已晚，弄堂里的路灯亮了起来，邻里们偶尔从她身边经过，打声招呼："吴阿姨啊……"吴林氏并不回答，她没有听到。

天上飘起雪子来。

下雪天，杀人夜。

她的头发是天然卷，配上那一脸过于严肃的表情，像一只憨兮兮的松狮。

2

吴茑茑的眼白比眼珠要多很多，这让人有一种她总是在翻白眼的错觉。

不知道是不是这个原因,她是这条弄堂里最不受欢迎的小孩。吴莺莺也比她同年纪的小孩要矮半个头,贝蒂苏说那是一种儿童病的后遗症,和断奶断得不干净有关。

一帮小孩子咋咋呼呼在弄堂里来回疯跑的时候,她吴莺莺永远像小鸡仔一样,在家门口摆个小凳子认认真真地写作业。又乖又无趣。

3

"芽芽。"吴莺莺怯怯地喊了一声。

"你喊我啊?"我在她身边停了下来,"你怎么知道我的名字?"

"我听你妈妈是这样喊你的。"吴莺莺声音羞怯起来,"你是叫芽芽吧?"

"嗯。"

"哦。我还以为喊错了。"吴莺莺的声音轻得像蚊子叫。

"你喊我干吗?"吴莺莺左右看了一下,迅速从写作业的凳子底下掏出个什么东西塞进我手里。

"你能不能帮我带个那种你常喝的牛奶,巧克力味的。"

"啊?你为什么不自己去买?就在弄堂口的小卖店啊。"我皱了皱眉。

"……我妈妈不让,这个钱是我爸爸偷偷给我的。"吴莺莺做了个拜托的手势。

自诩铁石心肠,那日我却颇为诡异地恻隐了一下。

"待会千万别让我妈妈看见啊。"吴莺莺又补充强调了一下。

"嗯,放心。"

"谢谢你啊,芽芽。"她那全是眼白的眼睛笑得眯成了条缝,好像也不是很讨厌。

4

吴莺莺的秘密很快被她妈妈发现了。

帮她买牛奶成了时有时无的例行公事,我也和她变得亲近起来。从前其他小孩欺负她的时候,我一直无知无觉,不知从什么时候开始,居然反感起来。

直到自然常识课上讲到动物的领地意识。我才恍然大悟:吴莺莺现下在我的领地内。领地内一花一草都有主,不能被旁人随意践踏。

我才刚到弄堂口,一个女人的声音扑面而来。吴莺莺的母亲,是个有心气的女人。虽说没有什么闲钱,口红粉饼在脸上倒是分布均匀。她和吴莺莺一样,也有一双眼白多过眼珠的眼睛。老实讲,若是不熟悉,看起来还真是怪骇人的。

此刻吴太太右手拿着笤帚,左手时不时地在吴莺莺身上狠狠地扭上几下。

她每拧一下,都心惊肉跳。我在一旁看着也跟着一哆嗦。

"说,到底是哪里偷的钱去买零食!我叫你偷,我叫你偷!"

她又狠狠地抽了吴莺莺几下。

吴莺莺像只小鸡一样蜷在墙角。

"我没偷。"声音很轻。

"那你说,你哪里来的钱买零食?"

吴莺莺没有回答,脑袋垂下来。

"还说没偷！我让你偷！我让你偷！"吴太太的笤帚又落了好几下。

5

小孩挨打竟是不哭的，这其中必定有莫大的冤屈。

笤帚抽不出什么印子，却是请人吃桑活（上海话，打人）的利器。吴太太不论怎么发狠劲，吴鸳鸯就是不说，钱是从哪里来的。

这点着实很难懂。爸爸给的有什么不能说的。我骑在我爸头上作威作福，耍到天上去的时候多了去了。

莫非这钱真是她偷的？我给贝蒂苏分析案情的时候，得出了这么个结论。

贝蒂苏弹了下我脑门："果然还是洋囡囡一只，不长心眼。伊同侬（她和你）千差万别好不好！"

贝蒂苏说，吴鸳鸯是三生三世里造了不少业，这一世的开篇，苦了些。

她父亲少年时入伍当了兵，原本是铁打的饭碗，摔都摔不破。谁知头脑发热犯了事，被从部队上撵了出来，硬生生成了待业青年，成家后也只是靠打着零工勉强糊口，没能躲过下岗大潮。母亲未出嫁前，在家排行最小，父母早亡，兄姐当家，也是个苦命人。

那个年代本没有什么大富大贵，可是两只托底棺材碰到一起，难不成还成了好事。吴鸳鸯小时候的时光，大多数时候和她阿奶吴林氏在一起。她爸妈晚饭后就结伴穿堂走巷搓麻将去了，日日如此。

如此营生，自然每况愈下。

吴先生、吴太太偏偏又是讲究人，每天出门，男的头势清清爽爽；女的脸上该有的胭脂水粉一样没少。说到底凡人爱美，贵贱都是一份气，不可看轻。

只是可怜吴莺莺就要做出些牺牲，她家本就钱物匮乏，又能折腾，自然没有什么给她。

普通小孩们平日里看不上的，她都没尝过。

6

我再见吴莺莺的时候，她还是一个人在家门前摆了张矮桌写作业，头似乎是又低了些。

见四下没人，我飞快走上去把牛奶塞给她："给你买的，喝吧。"

"我不要，你拿回去吧。"她迟疑了一会儿，才吐出那么句话。

"你不是喜欢喝这个吗？请你喝的。"

"现在不喜欢了……你，拿回去吧。"吴莺莺的声音抽抽搭搭起来，像是喘不上来气似的。

那是受了委屈，伤心的哽咽声。

人如果很伤心，就会像要断气一样的来回抽抽，好像下一秒就能把自己噎死似的。

"哎哟，别哭了，我知道你没偷。"我安慰着她，她依旧是自顾自难过着。

"唉，不喜欢就不喝了，来给你吃块巧克力，瑞士的，你知道吧，就是欧洲的一个小国家。那里产的巧克力啊可好吃了，最后一块，给你了。"我献宝似的奉上最后一块存货。

"芽芽，我没偷……呜，那钱真不是我偷的。"她越发伤心起来。

"嗯，我知道。"

"你信我吗?"

"信。"

"可我妈不信。"

7

吴林氏因为吴莺莺的事情,第一次和儿媳妇闹起了别扭。

她从前也是这一带声名远播的跋扈。男人死得早,要怎样才能维持威慑,不让别人来欺负自己孤儿寡母,她极有经验。这都要怪坎坷的人生得不到垂怜。

吴林氏有三个儿子,老大便是吴莺莺的爸爸;老二小时候发高烧,没钱治烧成了憨大,拖着条小儿麻痹的残腿,形容怪异;老三最为诡谲莫名,据说追女不成,一巴掌被扇成了花痴,每年春天发病最是严重。

生生死死有什么难呐?难的是生不如死。

连弄堂口收破烂的孙老头和她吵架的时候都会啐她:"哪家女儿瞎了眼睛,会嫁到你们家。"瞎了眼的吴太太在这个家自然是有资本的,一句话就把嗓门高起来的吴林氏呛回去。

她说:"姆妈,你儿子一个月才赚多少钱?平常么事体还要吃吃香烟,女儿学堂里要交十块钱班会费拿不出,给她买个噶举额(那么贵的)零食倒是舍得?"

吴林氏马上软了下来:"伊大概是搓麻将赢得呐……"话还没说完,又被儿媳妇呛了回去:"个么伐晓得拿回来补贴补贴窝里厢啊!"吴林氏不再说话,她在吴太太面前总是自觉理亏的。

哆嗦着从油腻的蓝灰围裙里,她掏出一把碎屑的零钱在昏黄的灯下数起来。数了很久,还是没能凑满一包朱古力奶。

8

后来吴太太几乎是一夜之间消失在弄堂里,再也没有出现过。

吴莺莺那时上了初中。她见着我竟有几分抵触,远远看见了也只是瞟一眼,然后快速地移开目光。

有时我故意盯着她的脸,看了一路,她仍是没有什么反应的。我不信她没有察觉。两道目光落在人身上,哪能无知无觉呐。她一定是故意的。

算了算了,有什么比青春期的少女更别扭的生物呐。

那时她学校的生物课上解剖蟾蜍。老师拿着装蟾蜍的大桶在她身边停下的时候,没有人愿意与她一组,她淡定自若地从桶里拎起一只,放到桌案前。

蟾蜍被麻晕了,松弛下来四仰八叉地躺在那里,好大一只露出白花花的肚皮。隔壁的小姑娘眼睛瞪得老大,惊得合不上嘴。

她不在意。镊子夹起蟾蜍的皮肤,一剪子剪下去露出粉色的肌肉;又是一剪子剪开肌肉,两片肺叶露出来一张一合;小心脏仍是活物,噗噗地跳着,血液在血管里流动着,心肝脾肺肾无一不全,还有大坨密密麻麻的卵。

唯有看到那些卵的时候,她愣了一下。然后颤巍巍地伸出手开始清理。清掉一些,还有好多,一粒粒像团在一起的黑珍珠串,怎样都剥不完似的。原来一只蟾蜍可以有这么多卵。

再过些时日,那些卵就是一群摇着尾巴的小蝌蚪。

她没有像其他人那样,把那些卵早早扔掉,而是留到最后和那只支离破碎的蟾蜍一起丢进废料桶。

那天晚上,学校里的人都走光了,她又跑回实验室去。

那桶里满是蟾蜍的尸体,她伸手翻着,想要找到那只蟾蜍和它的卵。周遭都是仓惶的血腥气。

可是那些残破的躯体胶着在一起,分不清了。

9

弄堂里的孩子疯传,吴莺莺现在是孤儿了。

她父亲也失去了踪迹。父母双失,是为孤。眼白太多果然不是什么祥瑞的迹象。她母亲年幼的时候,也是这般境遇。两人的眼白可是一般多呐。

那天两个警察突然出现在她家门口,面色凝重地走了进去。然后吴林氏的声音就断断续续传了出来。隔了两道门只能听见哇啦哇啦的说话声。

整条弄堂倒是静得出奇,屏息凝神指望能听出一二,倒是没人看到他们几时离开。吴莺莺好几天没有去上学。再出现在学校的时候,直接去办了转学。她抱着书路过我的教室,眼神流转在我身上绕了绕。

傍晚放学,她在校门口等我。她说:"芽芽,我要去亲戚家住了。奶奶要去照顾我爸,顾不上我了。"她尴尬地扯扯唇角。

"哦,你爸怎么了?"

"自杀了。"吴莺莺垂下眼睛来。

"不过他没死成。"她像突然想起什么似的,补了一句。

我接不上话。

"没什么,就想同你讲一声。"吴莺莺低头又补了一句。

～10～

我觉得应该为吴莺莺做点什么,在她离开前。

她很难得地笑了笑,眼睛眯成条缝的那种。

我拽着她快跑到店门口的时候,被自己绊了一下,一脚摔了下去。

"哎哟。"我忍不住叫出声。伸手揉膝盖,低头发现自己鞋带开了,蹲下来系。耳畔,杂货店的阿姨们在聊天。

"侬都伐晓得哦,伐要忒骇人哦,一把螺丝刀直接戳在头颈动脉里。那血飙得来,现在路上还看得见红兮兮的。"

"哦哟,听说还是白天呐!"

"就是讲呀,个么人捉到了伐啦?"

"捉到了呀,听说做掉那对男女之后,回自己家喝敌敌畏要自杀,不过被救回来了。"

"哦哟哟,侬讲得我鸡皮疙瘩一身。"我系鞋带的手缓了下来,很慢很慢抬头,不敢看吴莺莺。

她愣在那里,一动不动。

"前面派出所门口布告也贴出来了,就是阿拉这条弄堂里的。"

我感觉身边人先是晃了一下,然后呼啦一下冲了出去。

我追上她的时候,她已经站在那布告前。我抬脚想要走近些,却听见她说:"不要过来。"

她说:"你不要过来,不要看。"

那天便成了我最后一次见她。在白色布告前，她像小老太太一样，驼成一团，捂住耳朵。

11

吴太太的又一春盛开在寒冬里。女人的救世良药，她又握在手中。坏的婚姻么？没有关系，另寻一个就好了。

唯一觉得让她觉得有些懊恼的是吴鸳鸯。收拾细软的时候，那孩子还帮忙叠着衣服。她看着她，心里有点起皱。说好要心肠硬一点的，可是生养了这么多年总是有感情。自己就是太优柔寡断了，才会苦了这么多年。吴太太收拾好那些无用的心软，这般对自己说道。

这孩子就是难看了些，还是很乖巧的。可是不能被她拖累了呀，将来富余了，多让她花些就好了。

出门前她把女儿叫到跟前，塞给她些钱。吴鸳鸯的眼睛亮了一下，听见她母亲说："拿去花吧，随便买些喜欢的。"吴鸳鸯受宠若惊，转念又觉得古怪，看着她母亲。

吴太太又道："别愣着了，去吧。有空会来探你的。"说罢拿起行李，转身出了门。吴鸳鸯那时自然是不晓得，这便是最后一次见她的模样，今生今世。

吴太太在街上走着，十里春风多年后终于又吹在她的发梢。

她看着身边的男人，有些恍惚。很久以前，她还做小姑娘的时候，也这样挽着那个人的胳膊，那种荡漾的感觉究竟是一去不复返了呀。

不过那又有什么关系呐，爱情能当饭吃吗？就算能，她也吃腻了呀。

她心安理得地笑了笑。她的新丈夫不懂得这些，只当她是心情好。

他们拐弯走进一条小巷。

四下无人。

哦，不对。远处有个人，急急冲他们来。

她眼神不好，跑近了才看清楚来人。可是太晚了，身边的男人还没来得及叫出声就像一摊烂泥瘫软在地上，滑腻的血流到她脚边上。

并没有她料想的迟疑，他握着那把螺丝刀也向她戳过来，颈间有腥气的热液扑出来。她闻着觉得恶心。

很久以前，他同她不是这样的。那时她挽着他的胳膊，周遭都是甜腻的香气，那种荡漾的感觉究竟是一去不复返了呀。

那真的是很久以前了。

后记一

关于我和《大小姐们》

12年前的上海,我正在读高中,我记得自己有那么一天对着语文老师夸下海口,三十岁的时候要写一本书。

那天的情景我已无从记得,是什么样的机缘会去做一个这样的承诺。

我是一个很散漫的人,许完这个诺言之后并没有很放在心上。然后时间就呼啦呼啦地飞过,我从高中生成了如今的"后生白骨精"(看上去尚且还年轻的小白领)。

18岁那年,我离开了上海,开始了在世界各地的十年漂泊。先是在北京念完大学,工作了几年后又去费城读了研究生。故事里说陈落芽对于故乡的感受是"出走十年,从未惦记",那几乎是我内心的写照。我从来以为我的生活就是一直走啊走,而不是待在一个地方。我以为我对上海的感情是淡漠的,更不会以这个城市为背景写一本书。

然而生活总是喜欢纠正我的自以为是。十年后我回到了上海,结交了新的朋友，对一切有了全新的观感。

我今年 30 岁，自认为是女人最好的年纪。两年前的一个半夜里，我在电脑前写下《大小姐们》的第一章《美人贝蒂苏》，到今天这些章节正式成为一本书。这是一个无意识的举动，直到写完全书我才领悟到，也许我刚好履行了那个少年时并不当真的诺言。

我无法跟你确切地形容这个感觉，总之做到的感觉很美好。

要感谢的人有很多。谢谢深夜故事平台 Storybook 找我做了这个系列，也特别感谢我的编辑团队，亲爱的予望、Monika、JM，在创作和出版的过程中给我很多建议。感谢出版团队漫娱的耐心和诚意，让这本书最终得以呈现。

感谢我的好友黄鉴君小姐为本书赐名。这位北大毕业的才女曾经在深夜里微信了我一大堆不靠谱的书名，其中有一个叫作"大小姐们"。

感谢高中时教我语文的朱慧超老师，与她当年的一个许诺是这本书开始的机缘。

感谢那些我身边惊才绝艳的大小姐们，还有那些我爱不到的人，未尽的缘分，我就私自写进故事里了。

最后谢谢你看到了这里。深望你喜欢。

豚二
2017 年 12 月

后记二
有爱的故事才会那么温柔

  故事里有现世所有人的影子，爱而不得的、轰轰烈烈的、安静等待的、隐忍的、骄傲的……只是终有一点不变，爱总是好的。很感谢那个美人辈出的年代，最精妙的是美人们用一生经历烟雨风波和流离聚散，然后打磨成圆融缱绻的故事，不拘吴侬软语还是别的方言都好，有爱的故事才会这么温柔。其实每个女子都可以是大小姐，无关年纪、性情，只需要在千帆过尽时莞尔一笑足矣。

——耳卓

  我是因为落芽才看到《大小姐们》这个系列的，相识虽晚，却免受等待之苦，实甚欣喜。爱与等待，是一个会被一直探讨下去的话题，即便经历了再长的甚至可称为无望的等待，我都还是同意书里的那句：有爱总是好的。谁能陪谁一辈子啊，我能做到的无非是将你放在心上，放在那最柔软的地方好好保管。毕竟爱是让人保持心的柔软，不是让人计量孰重孰轻、得失几何。更何况我也不是为了得到什么才去爱你的。能在故事里看见自己的影子，也看见那些比自己更执着地去表达爱的人，怎么都是件让人微笑的事情。于我，这是通过阅读而实现的另一种圆满。重看全系列等到书出版的过程中挥之不去脑回路之一：狐狸精会不会投胎成了落芽，然后给了一个肾给曾盐呢？

——Dreamingsleeper

苏家的女人们生长在上海这座城市，便是从骨子里自带了上海的傲气和清高的，也是这样的气质才造就了这些性格鲜明的女子们……最喜欢的故事是拂花，她大抵是书里唯一一个得到爱的人了吧，能与爱人厮守这十余年，剩余的时光便是数着回忆也能度过了吧……让我选择，我也会选择这样的结局，若是注定不能长久相守，那在一起的日子里便狠狠地幸福……往后的日子也能数着回忆度过余生吧。最欣赏的故事是落芽，我喜欢你的时光，你便是唯一，哪日我决定放弃你了，你就真的什么也不是了……最心疼的是拂晓，这一生那么苦那么累，好不容易遇到的石隽之，却是黄粱一梦……我生君未生，君生我已老……这悲凉的感觉仿佛自带了秋天落叶的沧桑吧。豚二说得没错，上海这地方，大抵是只能造就那些有缘无分的故事了吧……

——阿车^^

看完《孤独肾》的第二天我跑去凯司令吃了拿破仑，心里很是愤愤，为什么要有付出极大代价却得不到的爱呢？为什么要有这种不公平的周旋轮回呢？为什么最后还是无法释怀呢？一句一句掷地有声，与其说替陈落芽不值，倒可能更像在问自己。我可以吃完一整个鲜奶油蛋糕，却吞不掉一口心酸。

——heaven 瀚文

谁又不是各自的大小姐呢？瞧着她们爱过的年华，想想我们不过也如此吧。书中的女人，终是绕不过一段情，也不愿弯弯笔直的脖颈。她们自始至终为自己而活，活得真实、洒脱，叫尘世中的姑娘仰望。

——全世界最可爱的喷火龙

印象最深便是《孤独肾》，想着该多爱一个人才会把自己身体的一部分给流放出去，也该多恨一个人才会义无反顾地离开。爱得深不是好事，想要拼命对他好，"好"的定义又是什么。我将身体融入你的生命，借此望你永生记得身体里运转的肾是来自于我。

——miumin 敏

上海的百年繁华里，这个家族的血统如同诅咒。我以为的最隐忍无争的拂晓，所谓的"成住坏空，人生短长，并无别事"，却是唯一一个从始至终，爱而不得。跟苏丹青错开了人和，跟工程师丈夫错开了地利，跟石隽之错开了天时。世间女子大抵都会是如此的，有一天在爱里学会精明，学会取舍，学会紧紧握着自己的心，最终做到百无禁忌。并无别事比拥有浓烈感情更残酷，因为没有人知道要如何度过那漫长余生，即使是大小姐们。

——仓庚

大小姐们，生在不同的时代，有着不同的性格，过着不同的人生。但是，不论开端如何，过程无一例外，风生水起。精致优雅、骄傲倔强，大概是印刻在她们血脉中的传承吧。仿佛是时代洪流中，最微不足道的一颗星，却又在属于自己的小小天空中，熠熠生辉，璀璨夺目。遗憾、留恋、羡慕，夹杂在看完所有故事的情绪里，真的希望成为她们所有人，哪怕伤心，哪怕遗憾，也要一往无前，永不回头地，过这精彩一生。

——Venssi

被看起来云淡风轻的话搅得心神不宁，这大概是我初看《大小姐们》时的心情。字字句句绵密细软，却寸寸入心。我愿你爱而无悔，笃定执着。愿你勇敢坚强，不慌不忙。愿你们像永不坠落的星辰，为对方倾尽一切地闪亮。

——Lewis

关于爱情，我一直觉得，两个人不处于共同时态的感情发展，一切都是扯淡！等待一个人的时间太长，什么都变质，到头来分不清楚等待的是对方抑或只是不愿意放掉那个英勇无双的自己。故事里我最喜欢的落芽，爱一个人爱得把肾都给了对方，后来终于得来一直想要的感情回应，却洒脱放开了对方的手，同时也放过了那个心里满是心酸苦楚的自己。正所谓，相濡以沫，不如相忘于江湖。

——李敲敲

出 品 人	朱家君		执行总编	罗晓琴
总 经 理	常蓦尘		设计总监	李　婕
总 编 辑	熊　嵩		产品经理	许斐然
			发行总监	章筱迪
			插图绘画	末　春　不绿不蓝
执行策划	肖梓熠		流程校对	许斐然　肖梓熠
装帧设计	赵一麟　汪芝灵		宣传营销	蒋　惊　蒋　雷

总出品　漫娱文化

图书在版编目（CIP）数据

大小姐们／豚二 著.—武汉：长江出版社，2018.4
ISBN 978-7-5492-5687-7

Ⅰ.①大… Ⅱ.①豚… Ⅲ.①长篇小说－中国－当代 Ⅳ.
①I247.5

中国版本图书馆CIP数据核字（2018）第061086号

本书经豚二授权同意，由广州初篇信息科技有限公司委托天津漫娱文化传播有限公司正式授权长江出版社，在中国大陆地区独家出版中文简体版本，并取得其他衍生授权。未经书面同意，不得以任何形式转载和使用。

大小姐们 ／ 豚二 著

出　　版	长江出版社			
	（武汉市解放大道1863号　邮政编码：430010）			
出　　品	漫娱文化			
	（湖北省武汉市积玉桥万达写字楼11号楼19层　邮政编码：430060）			
出 版 人	赵　冕			
选题策划	漫娱图书			
市场发行	长江出版社发行部			
网　　址	http://www.cjpress.com.cn			
责任编辑	张艳艳	开　　本	880mm×1230mm　1／32	
装帧设计	赵一麟　汪芝灵	印　　张	8.25	
印　　刷	深圳市精彩印联合印务有限公司	字　　数	200千字	
版　　次	2018年4月第1版	书　　号	ISBN 978-7-5492-5687-7	
印　　次	2018年4月第1次印刷	定　　价	39.80元	

版权所有，翻版必究。如有质量问题，请联系本社退换。
电话：027-82927763(总编室)　027-82926806（市场营销部）